KB143397

모든 이의 아침

대표에세이문학회

모든 이의 아침

초판 발행 2021년 11월 13일
지은이 대표에세이문학회
펴낸이 안창현 **펴낸곳** 코드미디어
북 디자인 Micky Ahn **교정 교열** 민혜정

등록 2001년 3월 7일
등록번호 제 25100-2001-5호
주소 서울시 은평구 갈현로 318-1 1층
전화 02-6326-1402 **팩스** 02-388-1302
전자우편 codmedia@codmedia.com

ISBN 979-11-89690-57-1 03810

정가 15,000원

대표에세이 작가들의 발길을
멈추게 했던 마음과 풍경

모든 이의 아침

서문

발길을 머무르게 했던 事象이나 풍경

단숨에 코로나19 바이러스를 잡아 넘어뜨릴 줄 알았는데 두 해가 지나도록 현재 진행형이 되어 안타깝기만 합니다. 부득이 6월 세미나를 취소하였지만 마음만은 더욱 돈독해져 서로를 격려하고 염려하는 마음이 크리라 믿습니다.

올해도 우리 대표에세이문학회는 좋은 작품을 쓰겠다는 확고한 문학정신으로 서른여덟 번째 동인지를 내놓게 되었습니다. 주제는 자유로 하되, 작가의 시선을 내적인 면보다는 외부로 돌려 의미를 찾아 형상화해보자는 의도에서 '발길을 머무르게 했던 事象이나 풍경'을 소재로 삼았습니다. 작가의 눈에 포착된 외부 소재, 또는 가슴을 움켜잡았던 풍경을 따뜻하면서도 날카로운 눈으로 깊게 들여다보고 사유하는, 웅숭깊은 글을 써 주신 동인들께 감사드립니다.

월간문학으로 등단한 수필가들의 모임인 대표에세이문학회는 선배를 존경하고 후배를 아껴주는 끈끈하고 살가운 정이 돈독한 문학 단체입니다. 함께 가는 이 길이 대한민국의 수필을 견인한다는 자부심으로 순항하길 두 손 모아봅니다.

'모든 조건이 열악한 나를 극복하는 순간, 나는 칭기스칸이 되었다'라는 칭기스칸의 말처럼 녹록지 않은 코로나 시국이지만 슬기롭게 극복하고 견뎌내며 우리들의 손끝에서 피어난 잔잔한 이야기가 세상 밖으로 나가 독자들의 가슴을 울리고 꽃피기를 기원합니다.

2021년 가을빛 고운 날 대표에세이문학회 회장

허 문 정

Contents

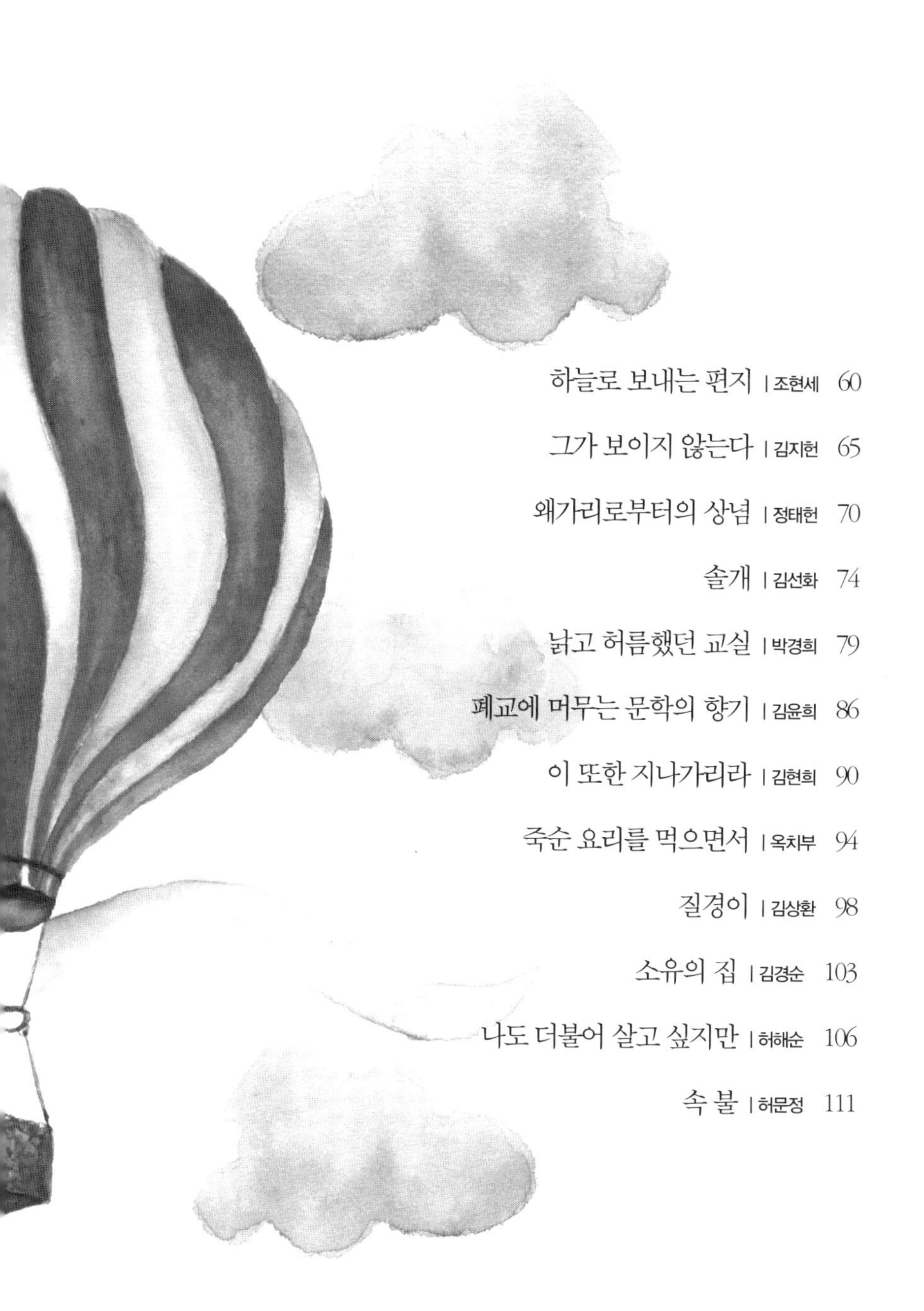

Contents

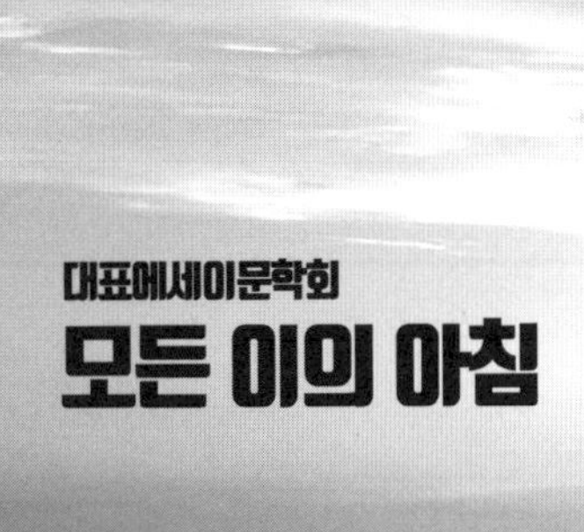
대표에세이문학회
모든 이의 아침

풍경 소리

정목일

고성 옥천사에 와서 풍경 소리를 듣는다. 흐르는 바람결에 뿌려지는 그 소리를 듣고 있으면 시름 같은 건 어느새 사라지고 만다. 풍경은 사찰의 귀걸이 –. 마음의 귀가 하도 밝아 하늘의 소리 다 듣고서 '그래, 알았다'고 대답하는 소리 –.

'댕그랑 – 댕그랑 –'

오랜 명상으로 길들여진 여유 속에 넘침도 모자람도 없이 낭랑히 울리고 있다. 몇 백 년 묵은 고요의 한 끝에 달려 있다가 내는 소리일 듯싶다. 유현幽顯한 그 음향은 그 자체만의 소리가 아니다. 풍경과 산의 명상이 만나서, 풍경과 바람이 한순간에 만나서 내는 소리 –.

이럴 때 대웅전의 부처는 한 번씩 미소를 지을지도 모른다. 한밤중에도 기와지붕 외곽에 달려 있는 풍경만은 잠을 깨어 홀로 '댕그랑 – 댕그랑 –' 소리 파문을 던지고 있다. 부드러운 바람이 풍경의 붕어를 살랑살랑 흔들어본다.

풍경 소리를 들으면 평온해진다. 달빛 속으로 풍경 소리가 닿을 때… 풀벌레 소리와 풍경 소리가 만날 때… 내 마음속에도 '댕그랑- 댕그랑-' 소리가 난다. 그냥 움트는 연초록 산색山色 속으로 풍경 소리가 흘러갈 때… 추녀 외곽으로 떠 흘러가는 구름을 배웅할 때… 진초록 속으로 풍경 소리가 젖어갈 때… 단풍 빛깔의 산색 속에 풍경 소리가 불탈 때…

그때마다 내는 음색은 저들 마음 편이다. 들릴 듯 말 듯 찰나를 흔들지만 영원의 소리이다.

기와지붕 단청丹靑의 연꽃 향기를 깨워 바람에 날리고 있다. 이 때문에 하늘도 더 깊어지고 향기로워지는 것 같다. 산도 눈 감고 절도 눈감은 밤에도 홀로 깨어 마음의 문을 열어놓고 있다. 고요의 한 음절일까. 언제나 미소 짓고 있는 부처의 깨달음 한 음절을 무심결에 들려준다. 수만 광년을 지나 내려온 별빛이 풍경 안 붕어 비늘을 비출 적에, 어찌 소리 한번 내지 않을 수 있을까.

'댕그랑- 댕그랑-' 아무도 모르게 빛과 소리가 만나고 있다.

'댕그랑- 댕그랑-' 매달려 있지만 세월의 강물을 타고 영원 속에 붕어가 헤엄치고 있다.

그리운 이여, 우리 인생도 저 풍경 소리처럼 들릴 듯 말 듯 흐르고 있는가. 그리움도 매양 풍경 소리로 울릴 수 있다면 좋으련만…. 한 점 바람, 흘러가는 구름, 다시는 만날 수 없는 물결로 흐른다. 풍경 소리를 들으면 온유해지고 부드러워진다. 삶의 풍파에 팔랑개비처럼 바삐

돌기만 했을 뿐, 풍경처럼 낭랑한 소리를 한 번도 내지 못했다. 듣고 보니 소리의 자비였구나. 하늘에 올리는 소리의 공양이었구나. '걱정 말아라'고 달래 주는 위로의 속삭임이었구나. 무심無心중에도 무심 같은 한 점의 바람인 줄 알았더니, 용서와 관용의 미소, 깨달음의 득음得音이었다.

'댕그랑－ 댕그랑－'

우리 인생도 꽃향기와 같은 의미여야만 한다는 것을 알려준다. 나도 풍경처럼 한번쯤 하늘을 향해 '댕그랑－ 댕그랑－' 울어 보고만 싶다.

정목일 | 『월간문학』 수필 등단(1975년), 『현대문학』 수필 천료(1976년). 마산시문화상, 동포문학상, 에세이작품상, 경남도문화상, 수필문학대상, 경남문학상, 현대수필문학상, 신곡문학상, 경남수필문학상, 조경희수필문학상, 원종린수필문학상, 흑구문학상, 인산문학상, 윤재천문학상, 시선수필문학상 수상. 저서 : 수필집 『남강부근의 겨울나무』 『한국의 영혼』 『별이 되어 풀꽃이 되어』 『달빛고요』 『아름다운 배경』 외 30여 권. 한국수필가협회 이사장, 한국문인협회 부이사장, 연세대학미래교육원, 롯데백화점 본점, 한국문인협회 평생교육원 수필 지도교수 역임. E-mail : namuhae@hanmail.net

門

지연희

꿈틀거리며 흙을 돌아 올리던 연둣빛 筍이 지구의 표피를 뚫고 고개를 들어 불쑥불쑥 줄기를 치켜세웠다. 그 봄날의 열망이 가지를 뻗어 여름 한낮 그늘을 만들고 있다. 가끔은 동강 난 햇살도 쉬어가고 소나기도 머물다 가는 곳, 그 그늘 밑에 서성이는데 얇은 바람의 손이 젖은 마음 자락에 내려앉아 등을 도닥이고 있다. 어머니의 따뜻한 음성처럼 살갗을 스치는 바람의 결에 눈을 감는다. 삶은 한 겹의 햇살과 한 겹의 구름에 이는 시간 위에 흐르는 것, 딛고 일어서 묵묵히 한 겹의 지평선에 닿는 일이다.

전자동 문이 열리고 문이 닫히는 대형 상가에 들어가 눈이 이끄는 대로 물품을 고르고, 깊은 바닷물 속 인파를 헤치며 유영을 한다. 너도 나도 각자의 생각들에 여념이 없이 스치고 흐른다. 한 겹의 물결이 온몸을 휩쓸고 지나는 일, 순식간에 한 대의 배달 오토바이가 경적도 없이 지나간다. 바다는 가쁜 숨을 쉬며 품 안에 존재하는 모든 대상을 끌어안고 있다. 하루 내 고운 숨으로 일어서 무한의 꿈으로 내달리는 맨발의 나부낌, 단아한 꽃 한 송이 피워내기 위해 머리끈 동여매고 땀을 흘리는 젊은 여자의 미소가 아름답다.

빛이 스며드는 창가에 선다. 외부와 내부를 소통하는 한 줄기 바람과 한 점의 구름, 한 뼘의 햇살을 마시는 일 모두, 종래에는 흙의 문을 관통하여 뿌리 깊은 굵은 한 그루 장미꽃 순한 입맞춤의 까닭에 이르는 일이다. 뛰어오고 뛰어가는 너와 나의 몸짓이 아름답다. 긴 장맛비에 무성히 자란 창밖의 푸른 잎들을 바라본다. 이른 아침의 엷은 바람 끝에 흔들리고 있다. 배불리 마신 식욕으로 탱탱한 낮빛이다. 소철, 관음죽, 마삭줄, 러브체인, 소엽풍란, 대엽풍란, 한 쌍의 미니 소나무 분재가 건재하다.

지연희 | 『한국수필』(1982년), 『월간문학』 수필부문 신인상(1983년). 『시문학』 신인문학상(2003년) 당선. 제5회 동포문학상, 제11회 한국수필문학상, 대한민국 예총 예술인상, 제9회 구름카페문학상, 제30회 동국문학상, 제12회 조경희수필문학상 수상. 저서 : 수필집 『식탁 위 사과 한 알의 낮빛이 저리 붉다』 외 15권, 시집 『메신저』『그럼에도 좋은 날 나무가 웃고 있다』 외 6권. 사)한국문인협회 수필분과회장, 사)한국수필가협회 이사장역임, 사)한국여성문학인회 부이사장역임. 사)현대시인협회 이사, 사)한국시인협회 회원. 계간 『문파』 발행인. E-mail : yhee21@naver.com

연필들이 온다

권남희

스마트폰 시대, 책을 좋아하는 독자들에게 하루키가 준 기념품Souvenir으로 여겼던 하루키 연필이 진즉 속으로 부러져있는 줄 몰랐다. 그의 책을 살 때 연필 몇 자루도 함께 구입해서 아끼는 마음으로 간직해 두었는데, 보관만으로는 되지 않는 무언가 있음을 느낀다.

김훈의 『연필로 쓰기』(문학동네, 2019)책을 읽다가 연필로 글을 써보는 일이 좋아 보여 기대를 갖고 칼을 들이댄 연필이다. 연필 심지는 연이어 부러졌고 몽당연필이 되자 연필 껍질과 부러진 연필심들이 책상 위에 누웠다. 그냥 하루키 이름의 연필인데 무리수를 부렸을까.

종이 노트에 연필로 글을 쓰던 때도 떠오르고 아직도 원고지에 육필로 원고를 쓰면서 "연필은 나의 삽이고 무기이고 밥벌이 도구"라고 한 김훈의 연필 깎는 모습도 상상을 했다. 연필을 깎을 때마다 생각은 양 떼처럼 몰려들겠지. 때로 침 발라 써야하는 연필은 한 사람의 정성을 받아먹으며 무엇이든 내놓아야 한다.

종이 세대들에게 연필은 많은 것을 선물했다. 운동회가 끝나면 한 다스의 연필을 상으로 받는 아이가 부러웠고 공부를 잘해도 연필을 받았다. 가방 검사를 하는 날이면 숙제는 안 해도 내 가난한 필통을 까발려야 하니 조심스레 연필을 깎아 두기도 했다.

부러진 연필심이 조금 길면 그 심을 잡고 조심조심 글씨를 쓰기도 했던 시간이 가물거린다. 중학교 입학 전까지도 학용품은 늘 부족했고 질이 낮아 투박하거나 거칠었다.

아버지는 시내에서 학용품을 사다가 필요한 것만 주었는데 4남매 학용품 대기도 만만치 않았으리라. 필통 속에는 연필 한 자루와 지우개 하나였다. 학교 가기 전 연필을 늘 깎아 두어야 했고 몽당연필이 되면 나뭇가지에 묶어서 쓰도록 했다. 연필의 질도 좋지 않아 떨어뜨려 멍드는 날은 그 연필은 쓸 수가 없게 되었다. 남자아이들은 세상의 모든 것들을 놀이 도구로 바꾸는 재주를 보이느라 틈만 나면 교실 바닥에 앉아 연필을 굴리며 멀리 가기 시합을 벌이고 이긴 친구가 그날 연필을 다 가져가기도 했다. 그날 연필을 잃은 아이들은 다시 연필을 빌리느라 법석을 피웠다.

멍든 연필을 포기하지 못해 앉은 자리에서 연필 자루가 없어질 때까지 깎은 적이 많다.

한 번 칼질하면 부러져 나오고 혹시나 해서 살살 칼을 돌리면 또 부러져있고 조심하는 마음으로 깎으면 부러져있고 끝까지 그랬다. 누군가 원래 멍든 연필이었을 거라 했다. 여러 번 바닥에 떨어뜨리거나 만들 때 잘못하면 속심은 이미 부러져서 겉만 연필이라는 것이다.

베이비부머들이 은퇴하자 꿈의 연필들이 돌아오고 있다. 우주처럼 모든 '둥글다'들은 돌고 도는 속성을 가졌다고 본다. 혹은 아닐 수도 있다. 향수Nostalgia를 가지고 문학의 우물에 두레박을 던져보는 것이다. 종이책과 그때 읽었던 글자들에 얹혀있던 이야기와 멋지다고 각인된 시구들, 유명세를 누렸던 작가들을 잊지 않았을 뿐이다. 어쩐지 피붙이 같았던 종이책 작가들, 자신의 고향이었던 그때 그곳에 한 시절이 있었기 때문이다.

향수는 향수일 뿐이다. 문학은 겉멋의 옷을 찢어버려야 하고 향수를 죽일수록 살아남는 지독한 글 벌레들의 터전이다. 3년 고개를 수도 없이 넘어야 하는 고단함과 개미허리 같은 돈벌이의 졸렬함을 극복하지 못할 수도 있다. 그동안 여유롭게 살았던 사회 직분에 대한 맛을 버리지 않는다면 모래성으로 끝나지 않을까.

질병은 아니지만 치명적일 수도 있는 향수병에 대한 보고서는 많다. 특히 운동선수와 전쟁터 병사들에게는 부상보다 더 큰 위험 요소가 향수병(회향병)이다. 우울증을 앓고 적응을 하지 못한 채 고향으로 돌아가거나 경력을 망치고 중도 하차하기도 한다. 믿거나 말거나 러시아 제국에서는 향수병에 걸린 병사 두 명을 생매장해서 부대 내 향수병을 치료했다는 설도 위키백과Wikipedia에 올라 있다.

부러진 연필심을 보면서 생각한다. 심지가 없으면 연필은 쓸 수가 없다. 정신이 빠져나간 몸뚱이처럼 껍질일 뿐이다. 그런데 심지만 있다고 연필이 될 수도 없다. 부러진 심지가 안타까워 빠져나간 원래 자리에 끼워 넣으면 껍질을 잃었기에 더 부러지고 만다. 심지와 껍질은 원래 하나였던 것이다.

심신心身 같은 그 연필들이 오면 마땅히 품었던 꿈들을 이루기 위해 연필 노릇을 잘하려니 기대를 하게 된다. 꿈에도 수용의 한계치가 있다. 첫사랑이 매혹적인 것처럼 그냥 문학에 품었던 젊은 날의 취향을 누리고 싶었을 뿐인데 연필로 곰파는 김훈 작가를 본받으라면 살아남을 초보 작가는 손가락으로 꼽을 수밖에 없다. 써내는 글마다 냉소적일 뿐 여간해서 명예도 주지 않는 문학의 무게에 실망하여 심지를 부러트린 연필들에게 너무 많은 기대를 걸었지 싶다. 끊임없이 탄생하고 굴러다니다 부러지거나 살아남는 필기도구들.

농후한 즐거움보다 2% 부족한 그리움으로 어디든 굴러 누군가의 절실함에 닿기를 기도한다.

권남희 | 『월간문학』 수필 당선(1987년). 제22회 한국수필문학상, 제8회 한국문협작가상, 제11회 한국문학 백년상, 구름카페 문학상 등 수상. 저서 : 수필집 『목마른 도시』 『그대 삶의 붉은 포도밭』 『이제 유명해지지 않기로 했다』 외 8권, 수필선집 4권, 수필평론집 『11인의 감성을 훔치다』. 사)한국문인협회 수필분과 회장. 사)한국수필가협회 부이사장, 리더스 에세이 발행인 외. E-mail : stepany1218@hanmail.net

내가 없는 나

최문석

어느 날 나는 구급차에 실려서 응급실에 입원한 일이 있다. 그 후 나의 생활은 많은 것이 멈춰 서고 말았다. 뇌졸중 진단을 받고 넉 달 동안의 입원 치료를 마친 지 벌써 삼 년이 되어가는데도 오른쪽 팔과 다리는 아직도 제구실을 못한다. 걸음을 제대로 걷지 못하는 나는 내 생활의 대부분을 멈추거나 바꾸지 않을 수가 없다. 그래도 용기를 내어서 지금 새로운 일거리를 찾아 시간을 보낼 수 있는 것은 병실을 찾아와서 위로와 격려를 해준 분들의 덕분이다. 고마움을 잊을 수 없다.

다리가 불편한 나의 생활은 집안을 벗어나기가 쉽지 않다. 종일을 혼자서 재활 운동을 하는 일 외는 TV를 보거나 책 읽기로 시간을 보낸다. 불교 방송을 보는 시간이 많다. 병원에서 나를 찾아오는 사람들을 만나면서 내가 누구인가를 심각하게 생각하기 시작했기 때문이다. 그들은 모두 나를 찾아와서 나의 병을 걱정하고 빨리 회복하라고 격려를 하고 있지만, 그들이 찾아온 나는 모두가 달랐다. 내가 교수를 할 때 학생이었던 제자는 나를 교수님이라 부르며 찾아오고, 또 내가 교장을 할 때 학생이었던 사람들은 나를 교장 선생님이라 부르며 반기고, 내가 주례를 했던 사람은 나를 주례 선생님이라 하고, 로터리 회원들은 모두 총재님을 찾고 있었다. 그러나 나는 지금 교수도 아니고 교장도 아니며 총재도 아닌데 그들은 모두 그때의 나를 생각하며 위로도 하고 격려도 하고 있었다. 나누는 대화의 내용도 대부분 지나간 그때의 이야기다. 내 얼굴 어디에 그때 교수 시절의 모습이 남아 있었을까. 교장도 총재도 마찬가지일 것이다. 그러면 그들은 왜 나를 찾아와서 이미 사라져 버리고 없는 나를 위해서 지금의 나의 아픔을 안타까워하고 있는 것일까? 결국 그들은 지난날 내가 했던 일에 대한 기억, 그것을 나라고 생각하고 있었다. 강의나 훈화, 봉사 활동 지도 등의 지난날 내가 했던 행위의 모임. 그것을 불교에서는 업이라 하는 모양이다. 지금은 그것을 이룩한 그때의 모습은 어디에도 없이 그 업의 작자는 사라졌지만, 그 업보는 남아 그 업보를 나라는 이름으로 기억하면서 지금의 나를 찾아온 것이다. 참으로 깊은 인연이다. 그렇다면 지금 여기 있는 나. 얼굴은 늙어 백발이 무성하고 팔과 다리는 힘이 없어 지팡이 없이는 세 발자국도 걷지 못하는 나는 누구일까? 스님들은 나를 다섯 가지 요소(오온)의 합이라 한다. 나의 육체인 몸(색), 그리고 정신 작용인 감정(수), 이성(상), 의지(행), 의식(식) 등을 합한 다섯 가지다. 나 '오늘 기분 좋아라'든가 '내 뜻대로 해야겠어' 하는 말처럼 정신과 육체를 합한 것으로 내가 이해된다. 그런데 한국의 모든 절에서 행하는 예불에서 봉독하는 반야심경의 첫 구절은 이 다섯 가지가 공空한 것을 비추어 알면 모든 괴로움에서 벗어날 수가 있다고 말하고 있다. 우리는 누구나 행복을 원하기에 괴로움에서 벗어나는 조건은 중요한 요소다. 나를 찾아 문병 왔던 사람들 때문에 수많은 내가 이미 생겨났다 살아졌음은 이해가 된다. 그런데 지금 여기 있는 내가 공이라는 말은 또 무슨 뜻인가. 책에서는 그것을 연기로 설명하고 있다. 연기란 모든 존재가 상호 의존하여 조건적으로 존재하고 생겨남을 말한다. 독립적으로 존재하지 못하는 모든 존재는 공이 된다. 눈을 감고 호흡을 관찰하면서 통찰해 보면 우리는 잠시도 내 몸 밖의 세계와 떨어져 살 수가 없다. 숨을 쉬는 일 외도 오늘 하루 먹고 내놓은 모든 것들이 그러하다. 내 몸이 우주의 뗄 수 없는 한 부분이며 모든 존재가 서로 의지하여 존재함을 느낄 수 있다. 결국 반야심경의 말씀은 나를 이 같은 우주적 존재를 느끼고 하나 될 때 모든 괴로움에서 벗어날 수 있으며 공은 결국 무한한 가능성을 의미하게 된다. 하느님 품 안에서 행복할 수 있다는 목사님 말씀도 그런 뜻으로 이해가 된다. 결국 지금 여기 있는 나는 항상 변해가는 오온의 합이며 나를 이루는 다섯 가지의 요소 즉 오온은 모두 공이며 그 요소들이 만든 업이 팔십 년간 쌓여 온 덩어리가 지금의 나라는 말이 된다.

나는 요즘 시간이 날 때마다 여기저기 흩어져 있는 사진들을 정리하고 있다. 대부분 그때의 정경을 새겨 보고는 파쇄기에 넣어서 없앤다. 지금까지 존재하던 나의 상이 사라질 때 약간의 슬픔이 있지만, 그

같은 훈련은 나의 마음이 생사를 초월하는 훈련이 될 것이다. 나는 병을 얻어서 여러 곳의 나의 삶을 멈추게 했다. 그러나 그로 해서 나를 되돌아보고 내가 수없이 생겨났다 없어졌지만, 그 행위만은 남아서 사람들이 나로서 기억함도 알았다. 내가 무엇이 되느냐가 아니라 무엇을 하느냐가 중요함을 깨달은 것이다. 발길을 멈추게 했던 나의 불행이 또 다른 나를 성숙시키는 깨달음이 될 줄이야 누가 알았으랴. 참으로 인생은 불가사의다.

퇴원 후에도 계속해서 전화로라도 건강을 챙겨주는 친구들이 있어 행복하다. 며칠 전 차를 갖고 집으로 찾아와 나를 위해 함께 남해안을 드라이브한 친구가 있었다. 해안을 돌면서 그동안 변화된 풍물들에 놀라기도 했지만 내 눈길은 꾸준히 해안의 파도에 머물고 있었다. 생겨났다 없어지고 태어났다 사라지는 파도의 모습은 그동안 수없이 생겨났다 사라진 나의 모습과 최근에 사라진 사람들의 모습을 떠올리고 있었기 때문이다. 그 속에는 한석근 선생도 김수봉 선생도 김학 선생도 함께 있었다. 그러나 그들은 언제나 다시 물이 되었다. 육지로 들어오면서 바라보니 수평선과 함께 떠오르는 넓은 바다는 평온하고 조용했다.

최문석 | 『월간 문학』 수필 등단(1987년). 저서 : 수필집 『에세이 첨단과학』 『살아있는 오늘과 풀꽃의 미소』. 시론 『崔文錫의 時論(2001년)』. 한국문인협회원, 대표에세이문학회 회장 역임, 경남문학회 회장, 사)남명학연구원. 학교법인 삼현학원 이사장.

소쩍새 울면

고재동

소쩍소쩍 소쩍소쩍.

자시子時를 지나는데도 소쩍새는 도시 근교 먼 듯 가까운 산에서 애가 탄다. 깔딱깔딱 숨이 턱에 차오를 듯 그 목청 처연하다.

이면도로裏面道路로 차를 몰아 안전하고 적당한 곳에 세웠다. 하늘을 봤다. 잿빛에 가까운 구름 몇 점 띠를 이루며 흘러들고 그믐달이 떴다. 주위로 별 몇 개도 보인다. 졸린지 눈망울이 총명하진 않다. 도시 불빛과 구름이 별자리를 흩트려 놓은 듯하다.

소ㅎ쩍 소ㅎ쩍.

그 소리, 한 뼘 가까이 들린다. 솟쩍솟쩍, 오늘 밤 내 귀엔 분명 그렇게 솥 적다고 들려준다.

올빼미목 올빼미 과인 소쩍새는 멸종 위기종에 속해 있어 천연기념물로 지정될 모양이다. 뻐꾸기는 시도 때도 없이 짖는 데 비하면 유심히 관찰해도 1년에 소쩍새 울음은 한두 번 듣는 게 고작이다. 못 듣고 지나간 해도 분명 있었던 듯. 산골에 살아도 이 정도인데 도시 사람들은 라이브로 들려주는 소쩍새 노랫가락 듣기가 쉽지 않을 듯하다.

몸길이 18.5~21.5㎝이다. 몸의 빛깔은 잿빛이 도는 갈색 또는 붉은 갈색이다. 잿빛형의 암수는 이마와 정수리 목에 갈색 무늬가 있고 얼굴 가슴 배에는 짙은 갈색 무늬, 등 어깨 허리에는 잿빛 갈색 무늬, 뒷머리와 목덜미에는 붉은 갈색 무늬가 있다. 날개깃의 끝은 붉은 갈색이다. 붉은 갈색형의 암수는 붉은 갈색 바탕에 머리와 등에는 검은 세로무늬가 있고 꽁지깃에는 가로무늬, 날개깃에는 연한 갈색 무늬가 있는 것이 보통이다. 털갈이는 8~10월에 한다.

한국에서는 예로부터 '소쩍' 하고 울면 다음 해에 흉년이 들고, '소쩍다'라고 울면 '솥이 작으니 큰 솥을 준비하라'는 뜻에서 다음 해에 풍년이 온다는 이야기가 전해 내려온다. 한국의 중부 이북에서는 여름새이며 일부 무리는 나그네새이다. 산지 또는 평지 숲에 살면서 나무 구멍에 알을 낳는데, 5월 초순에서 6월 중순에 한배에 4~5개의 알을 낳아 암컷이 품는다. 알을 품는 기간은 24~25일이고 새끼를 먹여 키우는 기간은 21일이다. 낮에는 숲속 나뭇가지에서 잠을 자고 저녁부터 활동한다. 먹이는 곤충이 주식이고 가끔 거미류도 잡아먹는다. 한국·사할린섬·우수리·아무르·중국(북동부) 등지에 분포하며 중국 남동부와 인도차이나 북부까지 내려가 겨울을 난다.

유년, 들에 따라갔다가 돌아올 때였을 게다.

소쩍소쩍.

"엄마, 저 새 이름이 뭐로?"

아버지는 쟁기 짊어지시고 앞서고 나는 소 이타리* 잡고 어머니와

* 이타리: '고삐'의 방언.

뒤따르고 있었다. 가까운 듯 산에서 처음 듣는 새 울음소리에 호기심이 발동했다. 뭐 궁금한 게 있으면 참아내지 못하는 나였다. 귀찮을 정도로 어머니께 끈질기게 묻곤 했던 기억이 생생하다.

"소쩍새다만. 첨 들어봤나? 봄부터 가을까지 저 산에서 울드만."

"소쩍새는 왜 우노? 젖 달라 카는 거라? 배가 고픈가 보지?"

"글쎄다. 저 새는 수놈이 틀림없을 게야. 암놈 짝을 찾는 것 같은데…."

"왜 암놈을 부르는 거로?"

"나도 잘 몰따."

아마 이맘때쯤이었을 것 같다. 들에서 돌아오는 길은 초승달이 높이 떠서 소를 포함한 우리 네 식구를 비춰주고 있었던 듯싶다.

그날 집에 도착하여 저녁 짓는 어머니께 소쩍새에 관해 집요하게 파고들었다. 된장국 끓이는 가마솥 불 지피는 건 내 몫이었다. 연기를 눈으로, 코로 들이키고 눈물, 콧물 흘려가며 어머니의 상식을 바닥까지 훑어냈다.

소쩍소쩍, 운다고 소쩍새라고 했단다. 어머니는 어느 해는 솟쩍솟쩍 하고 울고, 어느 해는 소큰소큰 하고 운다고 하셨다. 소쩍다고 우는 해는 솥이 작을 정도로 곡식이 넘쳐나서 풍년이 들고 소큰이라고 우는 해는 솥이 텅 비어 흉년이 든다고 하셨다. 지식백과에서 데려온 것과는 상이한 내용이었다. 어떤 게 맞고 틀리는 게 대수가 아니다. 솥이 크면 어떻고 솥이 쩍 갈라질 정도로 곡식이 넘친들 내 것이 아니면 무슨 소용이랴? 흉년엔 이웃 인심이 박하고 풍년이면 후한 이웃 인심 덕에 사과 한 개 더 얻어먹을 수 있으니 소쩍다고 우는 소쩍새가 반갑다.

강가의 금계국 피면
삐삐삐삐 건너편 산
암컷 뻐꾸기 만나
신방을 차린다 수컷
뻐꾸기 뻐꾹뻐꾹 울면
금계국 또 한 송이 피고
암컷 뻐꾸기 짝짓는다
뻐꾹뻐꾹 뻐꾸기 울면

강가의 금계국 피고
금계국 송이 필 때마다
먼 산 뻐꾸기 가족
단란한 가정 꾸리고
사랑의 보금자리 튼다

–「금계국 피면」

뻐꾹뻐꾹, 소쩍소쩍, 짹잭짹… 이처럼 새소리라든가 개굴개굴, 맴매앰 등 양서류, 곤충류 소리를 설정해 놓았다. 오래도록 굳어버려 어떻게 달리 의성어를 소리 내 보려 해도 그 소리가 오묘하여 문자로 표현하기 어렵다. 아무리 들어봐도 참새가 짹짹짹, 우는 것 같지가 않다. 째째짹, 이라고 우는 것 같기도 하고 찌찌찍, 이라고 소리 내는 것 같다가도 전혀 다른 소리로 들린다. 자두밭에 내려온 장끼는 꿔얼껄이라고 운다.

그런데 가까이 다가가 보면 꿔얼껄 푸드덕, 소리를 낸다. 까투리한테 존재감을 높이기 위해 울고 나서 날갯짓을 크게 한다. 아무래도 사람만큼 언어가 자유롭지 않은 꿩은 건장하고 건강한 젊은 기상을 목청과 날갯짓으로 표현한다. 먼지까지 날리면서 까투리를 유혹한다. 웬만큼 먼 곳에 있어도 우렁찬 목소리와 날아오르는 먼지는 감지된다. 산비둘기는 귀기귀기, 하고 운다. 뻐꾸기는 날면서 울 때는 뻐어억꾹, 이라고 소리 낸다.

의태어 역시 그렇다. 떼굴떼굴 공이 굴러가고 굴렁쇠가 데굴데굴 굴러갈까? 손자가 아장아장 걷고 집 나온 토끼가 깡충깡충 뒤뜰에서 뛰어놀았던가? 가끔 글 속에서 다르게 표현해 보려 해도 왠지 어색하다.

우리 한글이 그나마 과학적으로 만들어져 자연의 현상을 벗어나지 않고 표현할 수 있음에 감사할 따름이다. 영어로는, 일본에서는 뭐라고 소쩍새를 표현하는지 궁금하다. 언어학자로서의 세종대왕은 세계에서 으뜸이라는 사실에 또 한 번 감탄한다.

귀촌 10년째. 발길 머문 선돌길 언덕, 금계국은 이 밤에도 피고 뻐꾸기 울던 그 산에서 소쩍새 소쩍소쩍 애달프게 운다. 택시를 출발 시켜 다시 일터로 나섰다.

고재동 | 『월간문학』 신인상 등단(1988년). 제39회 한국수필문학상, 제3회 문학과비평 문학상 수상. 저서 : 시집 『바람난 매화』 외, 수필집 『낮달에 들킨 마음』 외 다수. 한국문인협회 안동지부 회장 역임, 현재 국제PEN한국본부 경북위원회 회장.

4층 창가에서

이은영

4층을 사람들은 선호하지 않는다. 죽을 4자가 되어 4층을 기피한다. 4층을 눈가림하듯 F층이라고 변신시키기도 한다.

집을 사게 될 때 나는 4층은 아예 피하고 둘러본 적도 없다. 그러나 이번엔 4층밖에 나와 있는 매매 물건도 없었고 왠지 마음에 들어 4층에 이끌려 이 아파트를 샀다. 1층에서 엘리베이터를 타면 2층, 3층을 지나고 4층으로 곧장 바로 올라오게 된다. 성격이 급한 내가 기다려본 적이 없다. 그래서 좋았다.

베란다에서 아래를 내려다보니 모란꽃, 꽃며느리밥풀, 색색의 철쭉이 마치 시야에 내 정원처럼 펼쳐져서 심고 기르는 수고도 하지 않은 내가 꽃들의 아름다움을 실컷 만끽하고 있다. 1층에서 4층까지가 땅의 기운을 느낄 수 있단다. 그래서일까 창문을 열면 향기를 느끼고 싱그러움을 느낄 수 있다.

4층까지 자란 나무가 실록이 우거지면 양옆으로 성문 앞 우물곁의 보리수처럼 아름답고 우아한 나무의 품이 나를 안아주는 듯…. 그 아늑하고, 넉넉함이 마음을 편안하게 해 주었고 그 파릇파릇한 기운이 너무 좋았다.

나뭇가지 끝에서 새들의 지저귐으로 아침이 온다. 새들의 지저귐이 세상에 살아있음의 실감을 느끼게 해 준다. 새들의 눈높이가 내 눈높이에 있다. 올여름도 매미 소리는 어디론가 내달리는 우기 후의 강물 소리로 시끄러우나 왠지 피할 수 없는 한철의 졸음을 쫓는 풍경이다.

내 집은 그렇고 인생의 내 위치는 어디쯤에 자리하고 있는 것일까? 너무도 높은 로열 층은 아니겠지만 4층쯤은 어떨까?

여기쯤에서는 교회 꼭대기의 십자가도 잘 보인다. 저기 멀리에 신작로도 보이고 기다리던 내 새끼들이 오면 걸어 들어오고 떠나가는 모습도 잘 보인다. 얼른 뛰어나가 맞을 수도 있다. 아파트가 재건축이 되어 새 아파트에 입주하게 될 때도 내가 또 4층에서 머문다 해도 난 불평하지 않겠다.

코로나의 긴 위기와 우울했던 나날들.

항암과 방사선 치료의 고통.

사랑하는 여동생과의 영원한 이별….

슬프고 지루한 시간 속에서도 나를 사랑의 마음과 연결해주는 꽃길의 통로는 나에게 희망을 주고 인내하게 해주는 길이었다. 사랑의 마음들은 내가 쪼르르 내려와 주기를 바라며 4층 내 창을 응시하고 기웃거리고 기다리며 나에게 사랑을 전해주고 갔다.

이쁜 사람들은 얼굴까지 보여주고, 고마운 사람들은 택배 아저씨를 통해 감당하기 힘든 선물을 전달해주고 갔다. 나는 오늘도 이 4층 창가에서 멀리 신작로까지 바라보고 있다. 아름다웠던 날들 사랑스러운 눈동자들을 마음껏 바라볼 수 있는 날로 회복될 수 있기를 기도하며.

이은영 | 『월간문학』 수필 등단(1990년). 서울찬가 최우수상(500만원고료), 2001동포문학상, 2013년 계간 『문파』 시부문 신인상, 김소월문학상 본상 수상. 저서 : 수필집 『이제 떠나기엔 늦었다』. 대표에세이문학회 회장 역임.

색色의 미학

안윤자

색色의 이미지는 그 함의가 무궁하다. 빨강, 파랑, 노랑 같은 단순 색상의 구분을 넘어 '색깔 있는 여자'라는 표현이 내포하듯 어떤 특정 개체의 비의秘意를 암시하는 의미소로 작용하기도 한다. 흑인, 백인, 황인종은 같은 인류지만 형질을 가르는 유전의 배경에 의해 피부색깔과 형체를 달리한다. 어쩌면 색色은 종種의 기원학적 측면에서 생명체의 본질을 결정짓는 최초의 입자일 것이다.

색을 쓰기 좋아하는 민족성 탓일까? 하다 하다 우리 사회는 서로 다른 이념의 잣대로 색깔론이 난무한다. 큰 선거 후에는 어김없이 당 색이 바뀌고 넥타이 색깔이 달라지는 이유다. 이제 색깔은 원초적인 상대성을 의미하는 기호화가 되어 있다.

어려서부터 나는 유난스럽도록 명료한 걸 좋아했다. 조심성 많은 소심한 성격 탓에 웬만해선 대놓고 호불호를 들어내진 않지만 속으로는 예스, 노가 분명하여 대찬 구석이 있었다. 그러니 흐지부지, 흐리멍덩

이런 단상을 아주 싫어했다. 유년의 기억이 아스라이 떠오른다.

어려서 다닌 초교는 사범 부속 학교였다. 교육대학의 전신인 옛 사범학교의 부속 초등학교다. 남녀학생 딱 한 반씩만을 뽑았던 부속학교는 초교임에도 시험을 치르고 합격해야만 입학할 수가 있어 경쟁률이 꽤나 높았다. 내가 거쳐 간 초등학교부터 대학원에 이르기까지 공주 사범 부속 초등학교는 그중에 제일로 명문이었다.

당시 한 학년의 두 학기에 걸쳐 2개월씩 사범학교 3학년생들이 교생실습을 나왔다. 문자 그대로 초등학교 교사가 될 연습을 하기 위해서 부속 학교로 실습을 나온 것이다. 교생들은 몇 명씩 학생을 담당하여 지도했는데 주로 일기장이나 시험지를 검토하고 점수 매기는 일을 맡아서 했다.

볼펜이 없었던 그 시절은 펜촉에다 붉은색 잉크를 찍어 동그라미 점수를 매겼는데 한 개에 20점, 다섯 개는 100점이다. 일곱 살 입학생에 약질이고 발육 상태도 부진하여 초등 내내 나의 성적은 중간치를 넘지 못했다 그러니 동그라미 다섯 개를 받는 일은 여간해 드물었고 세 개나 네 개가 고작이었다.

한데 그 빈한한 점수인 동그라미 서너 개마저도 희미하게 그려지는 날이 보통이었다. 세 개라도, 네 개라도 선명하게 그려만 주면 뭐라 하겠냐만 끝 지점으로 갈수록 동그라미의 선은 숨이 끊어지게 보일 듯 말 듯 가늘어졌다.

그때마다 그 흐릿한 점수가 왜 그리도 맘에 걸리고 께름직했던지, 몇 번이고 망설이다가는 용기를 내서 공책을 들고 담당 교생의 책상 앞으로 찾아갔다. 그리고는 머뭇머뭇 기어들어 가는 목소리로 동그라미를 선명하게 그려달라고 부탁을 하곤 했다. 그러면 선생님은 말없이 얼른 펜촉에다 잉크를 묻혀 동그라미 선을 따라서 다시 짙게 그려주었다. 돌이켜 보면 이것이 내 성깔머리의 단초가 아니었나 싶기도 하다.

나이 먹으니 내성화 탓인지 주변과의 관계는 한결 소침消沈해지고 빨강, 검정 같은 개성적인 색상을 선호했던 분명한 취향도 점차 원색에서 이차색으로 바뀌어 간다. 염치 모르고 내질러 대는 경박함과 튀는 색깔의 시선을 저어하는 까닭이다. 옛말에 무애무덕無礙無德이라 하였던가.

말이 씨가 된다고 한번 입 밖으로 내뱉은 말이나 글은 다시는 도로 주워 담지 못한다. 때로는 그 어문語文의 파장이 족쇄처럼 자신을 옭아매는 사슬이 된다는 것을 적잖이 경험했다. 그러니 말본새, 글의 본새는 가장 적나라한 그 사람의 색깔이다.

이쯤이면 누구라도 단박에 나의 품성을 족집게처럼 집어낼 수가 있을 것이다. 모든 사언 행위의 족적이 '나'라는 한 개체를 칠해간 색깔로 흩어져 있을 터이기에.

어느 빛깔의 사람일까, 나는? 한데 정작 그걸 아직도 잘 모르겠다.

밤하늘 흐릿하게 발광하는 작디작은 별 하나? 그러고 보니 직장인이었던 날에 나는 '대충'이라는 용어를 유독 싫어했다. 아니 의식적으로도 명백히 그 말을 쓰지 않고 살았다. 설렁설렁의 면죄부 같은 그 모호함이 정말 싫었다.

만일 하늘이 푸른빛이 아닌 분홍색이었더라면? 생각해 본 적 있는가?

젊은 날, 이 문제에 대해 꽤나 깊은 상념에 빠져든 적이 있다. 저 넓디넓은 광대무변한 창공이, 하루에 백 번도 더 올려다보며 머리에다 이고 사는 저 깊은 태공太空이 푸른 색깔이 아닌 분홍빛이라면?

단언컨대 이 세상은 모든 사람이 다 미쳐서 날뛰는 광란의 무대가 되고도 남았을 것이다. 빛 자체가 분사하는 파장과 진동이 심상에 그만큼 절대적인 영향을 끼치는 주체적 에너지원이라는 사실을 인지하기 때문이다.

깊고 깊은 바다가 만일에 푸른 물결이 아닌 빨간색이었더라면? 아아 상상해 보라. 지구의 70%도 넘는 광대무변한 해양과 강물이 핏빛으로 흐르는 세상의 권태를. 하늘과 바다, 산과 숲이 이완과 평화로움, 무한한 깊이를 선사하는 파란색이라는 사실은 얼마나 숭고한 창조의 기술인가. 그러니 색色은 곧 우주의 향연이요, 파랑은 우주 만물의 본령이라고 단언할 수가 있는 것이다.

무지개의 일곱 색 기원은 오라Aura에서 파생되었다고 한다. 신비로운 광채, 독특한 품격을 뜻하는 일곱 색의 향연. 하여 '색'을 잘못 쓰면 시쳇말로 쫑나는 인생이 될 터. 잘만 쓰면 일상에 후광이 드리우는 법이겠거늘.

안윤자 | 『월간문학』 수필부문 신인상 등단(1991년). 계간 『문파』 시부문 신인상(2021년), 2020 가톨릭 평화방송 평화신문공모 대상 수상. 저서 : 수필집 『벨라뎃다의 노래』 『연인 사중주』, 역사장편 『구름재의 집』, 논문집 『윤동주 시 연구』, 집필서 『서울의료원 30년사』 『경동제약 30년사』 외 다수. 한국문인협회 복지위원. 국제PEN한국본부 회원. 한국가톨릭문인회 회원. E-mail : nagune5@hanmail.net

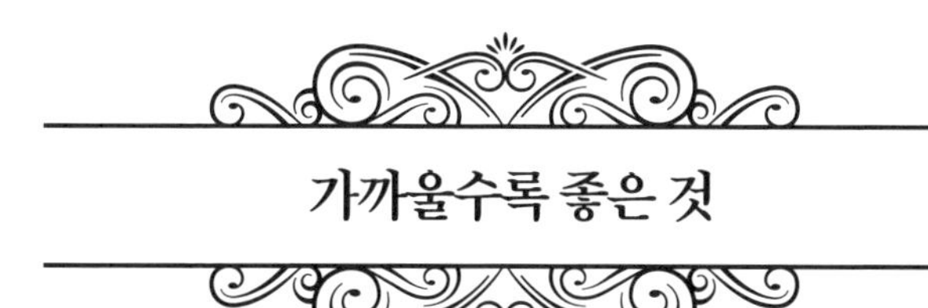

가까울수록 좋은 것

김사연

젊었을 적, 대가족제도에서는 '뒷간과 처가는 멀수록 좋다'는 말을 자주 들었다. 며느리는 출가외인인데 사사건건 간섭하는 사돈의 언행이 귀에 거슬렸기 때문이었을 것이다. 반면에 시댁媤宅에 학질을 뗀 며느리는 '시' 자가 붙은 시금치도 밥상에 올리지 않았다고 한다.

하지만 반세기가 흐른 지금은 정반대가 되었다. 특히 맞벌이 부부는 가까운 이웃에 일손을 도와줄 장인 장모나 시부모가 사는 동료들이 그렇게 부러울 수가 없다. 어린이집에 맡겨 둔 자녀를 보모가 학대했다는 뉴스를 접한 후 믿을 만한 손길이 간절해서다.

요즘은 부모의 사고방식이 바뀌어 "나도 손주들만 돌보는 노예 생활에서 벗어나 내 인생을 즐기겠다!"라고 선언한다. 자식을 출가시킨 후 애프터서비스까지 책임질 수 없다는 강경한 의지의 표출이다.

하지만 긴급 상황 시, 혹은 두둑한 용돈 봉투를 건네 오면 춘삼월 눈 녹아내리듯 가볍게 눈을 흘기고 손주를 떠안는 것이 부모의 인지상정이 아닌가 싶다. 해서 부모나 형제들을 가능하면 같은 아파트 단지로 이사 오도록 초청하는 세태이다.

얼마 전, 나이가 그리 많지 않은 친지 한 분의 부고訃告를 받고 영안실을 찾았다. 사인은 뇌출혈인데 화급을 다투어 큰 병원을 찾았다면 영안실까지 오지 않았을 것 같았다.

부부는 공기가 맑다는 충청도 산골로 귀농을 했다. 하지만 시골의 공기가 맑아야 인천보다 얼마나 더 맑겠는가. 노년의 인생엔 매연보다는 더 무서운 것이 있다. 위급 상황 시 병원이 멀어 제때 수술할 수 없는 교통난이 바로 그것이다.

며칠 전 부부는 밭에서 수확한 마늘을 까고 있었다. 남편은 창고에 걸어둔 마늘을 더 가져오기 위해 자리에서 일어났다. 한참 시간이 지나도 오지 않자 부인은 고개를 갸웃하며 창고 안으로 따라 들어갔다. 남편은 벽에 기댄 채 초점 잃은 눈으로 부인을 주시하고 있었다. 까닭을 다그치니, 키가 닿지 않아 받침을 딛고 올라섰다가 중심을 잃고 나자빠지며 벽에 머리를 부딪쳤다는 것이다.

병원으로 가야 하는데 운전을 해야 할 남편이 정신을 놓고 있으니 여기저기 차편을 구해야 했다. 한참 만에 산길을 돌아 읍내 의원을 찾아가니 의사는 고개를 흔들며 속히 큰 병원으로 가라고 등을 떠밀었다. 다시 차편을 구해 큰 병원에 도착하니 사고 후 시간이 너무 지났나 보다. 남편은 무의식 상태에 빠졌고 서둘러 뇌수술을 했지만 끝내 의식을 회복하지 못했다.

골든 타임이라는 말이 있다. 화재 현장에선 5분이 지나면 불이 번져 구조대원의 옥내 진입조차 어려워진다. 심장이 정지된 응급환자는 5분 이내 심폐소생술을 하지 않을 경우 생존율이 25% 미만으로 급감한다.

심장이 쥐어짜는 듯하고 가슴을 누르는 느낌을 주는 협심증이 15분 이상 지속하면 심근경색증으로 봐야 한다. 심근경색증은 심장을 갑자기 심하게 짓누르는 듯한 통증이 나타나는데 20분 이상 지속하면 즉시 심장 전문 병원을 찾아가야 한다. 해서 심장 질환은 30분이 골든 타임이다.

혼자 살던 선배 약사 한 분은 가슴이 쥐어짜는 듯한 통증을 느끼고 병원을 향해 집을 나섰다. 즉시 택시를 타야 했는데 무슨 이유인지 걸어서 병원에 도착했고 응급실에 눕자마자 심장이 멈췄다.

뇌졸중의 하나인 뇌출혈은 뇌동맥 혈관 벽이 부풀어 오르면서 약한 부분이 찢어져 혈액이 뇌 안에 고이는 증상인데 3시간이 골든 타임이다. 뇌의 일부 기능이 마비되는 뇌경색은 4시간 30분이 골든 타임이다. 이번에 뇌출혈을 일으킨 지인의 경우 큰 병원의 수술대에 오를 때까지 3시간의 골든 타임을 놓친 것이다.

반면에 큰 병원이 가까운 도심에 살았지만, 제때 치료를 받지 못해 사망한 분도 있다. 세계적인 건축물인 '성 가족 성당'은 '가우디'가 설계와 건축 감독을 맡아 1882년부터 공사를 시작했다. 그는 자택에서 누이와 함께 부모를 모시고 살다가 자신을 뒷바라지해 준 누이마저 사망하자 출퇴근하는 일이 귀찮아 건축 중인 성당에서 기거했다.

어느 날, 바르셀로나 거리에서 한 노인이 차에 치여 쓰러졌다. 그러나 남루한 차림의 노숙자 노인을 받아주는 병원은 아무 곳도 없었다. 이 병원 저 병원 문전에서 쫓겨나던 노인을 받아준 곳은 보훈 병원이었다. 그곳에서 '가우디'의 신분과 냉대당한 사연이 밝혀지자 그의 치료를 거부했던 병원들은 그제야 사과를 하며 서로 치료해 주겠다고 나섰다. 그러나 "사람의 외모를 보고 치료를 결정하는 의사에게는 자신의 생명을 맡길 수 없다"라며 치료를 거부하다가 1926년에 사망했다.

그는 병원이 가까운 번화가에 살았으면서도 의료 혜택을 보지 못했다. 아니 거부한 것이다. 이래서 인명은 재천在天이라 하는가 보다.

김사연 | 『월간문학』 신인상(1991년). 인천시문화상 수상(2014년). 저서 : 수필집 『그거 주세요(1997)』 『김약사의 세상 칼럼(2003)』 『상근 약사회장(2006)』 『펜은 칼보다 강하다(2009)』 『진실은 순간 기록은 영원(2014)』 『요지경 세상만사(2018)』 『백수가 과로사 한다(2020)』. 전) 인천시약사 회장, 전) 인천시궁도협 회장, 전)인천문인협 회장.

베타

정인자

녀석의 이름이 알고 싶어진 건 숨을 거두는 마지막 모양새가 사람의 운명하는 모습과 흡사해서였다. 어지럼병 걸린 것처럼 비틀거리더니 한 삼 일은 물 위에 뜨지도 못하고 눈 뻔히 뜬 채 돌 틈에 누워 숨만 할딱거렸다. 아무리 미물이라 해도 6개월을 한집에 살았는데 그 꼴을 속수무책 지켜본다는 것도 쉽진 않았다.

예전에 수족관에서 금붕어를 키워 본 적이 있다. 심심하면 한 놈씩 물 위에 떠서 죽어 나갔다. 붕어로 온갖 요리를 해 먹는 인간 세계에 사는지라 그 죽음을 보고도 돈 버렸다고만 생각했지 불쌍하단 생각은 추호도 없었다.

녀석과 처음 연을 맺은 것은 인근 백화점에서였다. 어린이날 사은품 행사로 고객들에게 물고기 한 마리를 선물한다고 했다. 손주들 생각이 나서 날름 받아 들고 왔다. 들고 올 땐 의당 금붕어려니 했는데 아니었다. 생김새가 열대어 같긴 한데 흔히 보아왔던 그 화려한 열대어와는 거리가 멀었다. 어른 손가락 반 마디만큼 쪼끄만 몸뚱이가 먹물 뒤집어쓴 듯 온통 새까맣다. 색깔도 마음에 안 드는 데다 눈 코 입이 어디 붙었는지 구별도 못할 지경이다. 그렇다고 반품할 수도 없는 일. 어쨌든 산목숨인 지라 작은 유리 항아리에 물을 붓고 조약돌 몇 개 깔아주었다. 에어펌프(산소 공급 장치)가 없으니 제까짓 게 살면 얼마나 오래 살겠는가. 먹이를 구하러 수족관 파는 가게엘 들렀다. 울긋불긋 각양각색의 물고기가 수족관마다 넘실거린다. 그 한쪽 곁에 우리 집과 같은 어종의 물고기가 살고 있는 게 눈에 띄었다. 신기하게도 우리 집과 똑같은 환경에서 살고 있질 않은가. 항아리의 크기며 조약돌까지. 수족관에 섞이지 못하고 외톨이로 살고 있는 게 의아했다.

"네, 저건요, 저렇게도 잘 살아요. 물어뜯고 싸우는 습성이 있어서 다른 물고기와 같이 놓아두면 안 되고요."

점원의 말을 듣고서야 이해가 되었다. 백화점에서 왜 딱 한 마리 그런 물고기를 주었는지. 에어 펌프를 달아줄 필요가 없다니 귀찮음은 덜었다 싶었다. 지지리도 못난 게 쌈닭 같아 혼자 살아야만 하는 기구한 운명이라니! 그러고도 종족 보존은 어떻게 가능한 것일까.

짐작했던 대로 녀석은 손주들에게 인기 빵점이었다. 손주들은 떠오르는 녀석의 주둥이를 손가락으로 쿡 한번 찔러보거나 먹이 몇 번 뿌려주면 그걸로 끝이었다. 녀석은 오로지 우리 부부 차지가 되었다. 활짝 핀 진분홍 호접난 곁에 두었으니 거실 소파에 앉으면 싫든 좋든 눈길이 가게 마련이다. 녀석은 먹이를 잽싸게 낚아채기도 하고, 윤무 추듯 획획 돌기도 하다가, 슬그머니 제 몸체를 몇 배 부풀려 유리 항아리에 투영시키는 유령 놀음을 즐기기도 한다. 처음 얼마 동안은 그런대로 심심찮았다. 그런데 갈수록, 미동도 하지 않은 난꽃은 날마다 보아도 질리질 않는데 녀석의 행동거지엔 싫증이 나기 시작했다. 못생긴 게 외톨박이가 되어, 다람쥐 쳇바퀴 돌듯 하는 행태가 야릇한 비애감까지 안겨주었다. 너는 도대체 무슨 재미로 사니? 하고많은 생물체 중에 하필이면 왜 물고기로 태어났니? 네 고향은 어디니? 그런 시답잖은 물음표가 꼬리를 이으면 환생과 업보를 말하는 종교와, 천국과 지옥을 말하는 나의 종교 문제로까지 비약해 머리가 혼란스러웠다. 인간이 가두어버린 원죄 따윈 생각지도 않았다. 창조주가 내려다보신다면 녀석의 행태나, 쓸데없는 일로 잔머리 굴리며 소파에서 한없이 뭉그적거리는 나의 나태함이나 별로 다를 게 없었으리라.

드디어 탈출의 기회가 왔다. 열흘 이상 집을 비워야 하는 여행 계획이 잡힌 것이다. 녀석을 어찌할까, 일분일초의 망설임도 없이 목욕탕 욕조에 물을 반쯤 채우고, 제집에 넣어준 후, 인심 후하게 한 달 분의 식량을 잔뜩 퍼 넣어주었다. 이제 죽고 사는 것은 네 운명에 달렸느니라. 낄낄낄, 속으로 악마의 미소까지 지으며 자연사해 주십사 빌었다. 제아무리 특출 난 목숨을 타고났다 하더라도 먹이와 물갈이를 제때 해주지 않는다면 그 부패하고 탁한 공기를 무슨 수로 버틸 것인가. 모르긴해도, 과식으로 지레 배 터져 죽을 수도 있지 않을까.

집으로 돌아와 범죄자처럼 살금살금 맨 먼저 확인한 게 욕조였다. 아니, 이럴수가! 녀석은 태평양이나 만난 듯 욕조를 맘껏 누비고 있질 않은가. 쿨하게 패배를 인정하고 그 생명력에 엄지를 치켜올리지 않을 수 없었다.

이후 녀석은 우리와 함께 넉 달을 더 살았다. 그 끈질긴 생명력이 무색하게 얼마 못살고 갔다. 사료가 맛없어 보인다며 가끔 과자부스러기나 생선 살을 발라주었는데 그게 명 재촉을 했던 걸까.

"아가씨! 이 물고기 이름이 뭐예요?"

"베타예요, 베타…."

뜻밖이었다. 이름이 예쁜 건. 집에 돌아와 부랴부랴 인터넷을 뒤졌는데 이게 웬일인가. 무지개처럼 눈 앞에 펼쳐지는 총천연색의 물고기들. 마치 샹들리에 불빛을 보는 듯 눈이 부시다. 베타는 투어鬪魚로 유명하나, 그 화려한 모습 때문에 사람들에게 많은 사랑을 받고 있으며, 직접 폐로 호흡하기 때문에 수질 수온이 적당하면 살아가는 데 큰 지장이 없다고 쓰여 있었다. 아, 그래서 사람이 운명하는 모습과 흡사했던 거로구나! 인간 세상에서 잘못 배운 내 눈이, 그 훌륭한 족보를 몰라보고 꺼둥이로 태어난 너를 괄시했구나!

허구한 날 마주 보며 녀석이 내게 주었던 묵시默示적 메시지를 떠올려 본다. 사람으로 태어난 그 목숨의 가치와 자유에 대해서….

"베타!"

마지막으로 이름 한번 불러 본다.

정인자 | 저서 : 수필집 『해 돋는 아침이 좋다』 『우리들의 사랑법(공저)』. 한국문인협회, 대표에세이문학회, 남도수필회 회원.

멈추니까 보이는 것들

香里 윤영남

즐겨 찾는 작은 숲이다. 나무들의 뿌리가 엄마의 손등에 힘줄처럼 솟아나 있었다. 그 밑으로 지나는데 무슨 야릇한 냄새가 진동을 했다. 그제야 벌써 밤꽃이 필 무렵인가. 고개를 갸우뚱하며 야트막한 밤나무 언덕을 오를 때였다. 때를 잊고 살아온 나날들이 새록새록 떠올랐다. 벌써 한 해를 보내고 유월을 맞다니.

덩굴장미가 한창인 유월이 오면 자주 찾는 곳도 올림픽공원의 장미광장이다. 여기는 수백 종류의 장미가 저마다의 빛깔과 표정으로 하늘을 향해 웃고 있는 듯 피었다. 피는 시기가 달라서 일찍 지는 녀석들 모습도 보이지만. 잎들 속에 가려진 가시는 거의 보이지 않는다. 같은 색깔이나 종류로 군락을 이뤄서 가꾼 정원사의 전문성이 돋보인다. 나비 모양의 조형물에는 붉은 장미가 여러 송이로 피면 붉은 나비로, 노란 장미는 노랑나비처럼 날개를 펼친 것 같다. 많은 연인이 사진을 찍는 곳에서 우리 부부도 해마다 연례행사처럼 기념사진을 찍는다. 하지만, 작년에 이어 올해도 코로나19로 사회적 거리두기 때문에 줄 쳐 놓고 출입금지란다. 이렇게 금지된 줄을 보며, 이제야 나도 멈춤의 현장에 서 있음을 실감한다. 하지만 고운 자태를 바라보면서 향기만으로 감동하며 감사했다. 혼자서 코를 벌름거리고 향기를 맡으면서 아직은 코로나19에 노출되지 않았다고, 안도하며 마주 보고 웃었으니까.

살다보면 웃지도 울지도 못할 때가 있다는 어른들의 말씀이 떠오른다. 오죽하면 인생길 굽이굽이 한도 많고 탈도 많다고 했겠는가. 전혀 예상치 못한 일들이 허다하다고 해도 눈으로 볼 수도, 손으로 만질 수도 없는 미세한 균으로 인해 세계가 멈출 수 있다는 것은 아무리 생각해도 이해가 어렵다. 마냥 놀라운 일이다. 선진국이라 자칭하던 나라들도 수없는 사망자와 확진자들의 통계를 보면서 어느 누군들 놀라지 않겠는가.

달나라 정거장을 예측하며 기대에 부풀었던 나라들도 감염 확산으로 아연실색하며 국내외 항공 노선을 차단했다. 일단 마스크로 방역을 우선했지만, 사람들의 마음에 장벽을 칠 수는 없었다. 카톡이나 문자, 이메일로 안부를 묻고 사이버 공간을 활용하며 일상을 대체했다. 유튜브Youtube 강의와 줌Zoom 회의를 통해 소통의 창구를 열면서.

차츰 사회적 거리두기도 익숙해지고 마스크 쓰기가 생활화되었다. 멀리서 사람이 오면 고개를 자동적으로 돌리고 엘리베이터에서도 모두 돌아서 있는 모습들을 보면, 이것이 인류에게 무엇을 교훈으로 남길 것인가에 대하여 잠시 생각했다. 저마다의 생명이 소중한 것은 사실이다. 감염에 대한 무시무시한 불안감으로 공포감은 사회적 분위기로 경계를 넘어 사람들의 마음을 피폐시켰다. 만나면 주먹인사도 망설이는 사람들에게 무슨 말이 필요할 것인가.

점점 사람들의 모임은 줄었고, 누구를 만나도 필요 이상의 진지한 대화는 예외가 되었다. 어떤 비말을 막고 피하면 된다고 해도 어디에 세균이 묻었는지는 아무도 모르니 밀폐된 장소나 밀집한 군중들의 행렬에서 자신들을 지켜내야 했다. 하지만, 서서히 이대로 멈추고 닫혀서 살 수만 없었다. 갈수록 심리적 안정과 문화적 소통은 절실해졌다. 가족이나 친척도 예외는 될 수 없었기에, 사회적 동물이라고 한 인류가 어찌 막힌 담장 안에서만 행복할 수가 있겠는가.

또한 인간은 적응의 본능을 가졌다고 했으니, 모두가 멈춘 가운데서도 열림의 방법을 찾았다. 그렇다. 마음길이다. 마음으로 소통하고 인정과 관심의 문을 열어야 하겠다고 아우성들이다. 그래서 찾아가는 베란다 음악회와 야외 연주자도 보였다. 공연장에서 직접이 아니라도 관객들을 사이버로 초대했다. 마음이 열렸고 열정이 있는 사람들은 뜨겁게 소통할 수 있으니까. 다행이다. 특히 우리 민족은 가무에 익숙한 터라 방송마다 노래 경연 프로그램이 많았다. 대형 가수들의 콘서트와 트롯 열풍도 불었다. 그 열풍은 대중적인 사연을 노래로 풀어내며, 고무된 사회적 분위기로 코로나19를 이겨내면서 비대면 언택트Untact시대를 개척했으니까.

자주 만나던 친구도 못 만나고, 가족이나 친척들도 떨어져 있어야 한다는 것은 참으로 고통이다. 이런 고난의 터널도 잠시 지나갈 것이라 여겼지만 벌써 두 해가 지나갔다. 시계는 멈출 수 있어도 시간은 정지시킬 수 없었기에, 해를 바꾸면서 계속 세월은 재빠르게 지나갔다. 고장 난 시계가 멈춘다고 시간이 멈추랴. 설령, 시계가 멈춰도 여전히 시간은 흐르고 하루의 석양은. 결코 때를 미루지 않는다. 결국 내 인생의 시계도 멈추지 않으리라. 이 또한 삶의 길이 아닐까.

예전엔 미처 몰랐던 사실들이 하나씩 새롭게 느껴졌다. 내가 가깝다고 여겼던 사람도 순식간에 부고장 하나로 문상도 없이 사라질 수도 있었다. 잠시 뒤로 미루고 제쳐두었던 일들이 언제라도 할 수 있는 것도 아니다. 예측 불가하다. 생각할수록 뭐가 소중한지를 깨닫게 된 계기가 되었다. 지난 부끄러운 일들도 주마등처럼 스쳐 갔다. 이제껏 일상의 사소한 만남으로 감동도 몰랐고, 항상 당연한 것으로 여기면서 진정한 감사도 몰랐으니.

주변에 위기의식이 점점 퍼져 갈 때였다. 『지금 알고 있는 걸 그때도 알았더라면』이라는 시집을 다시 꺼내서 읽었다. 몇 편의 시는 반복해서 읽었는데, 류 시인은 인도 기행을 하면서 많은 번역 시를 통해 감동을 주었다. 적당히 아름다운 거리도 필요했고, 마음의 길을 따라서 함께 하는 사이가 얼마나 소중한지를 재확인했다. 한동안 못 본 사람들의 안부가 궁금했고, 가깝게 지내던 친구도 더 보고 싶어졌다. 귀한 줄 몰랐고, 언제나 그대로 있을 것만 알았으니까. 정말로 여기저기서 부고장이 날아올 때는 더욱 아쉬웠다. 안타까운 이별들이다. 이러한 시간이 올 줄을 누가 알았겠는가.

잠시 멈췄던 장미 광장에서 다시 꽃들의 표정을 읽어본다. 화사한 저 표정들에겐 불안감은 전혀 보이지 않았다. 자연의 섭리에 순응하는 당당한 자세였다. 돌아오는 길에서 다시 만난 밤나무들도 예전과 다름없이 꽃을 피워 열매를 맺는 과정인데, 무슨 호들갑이란 듯 의연한 모습이다. 그들은 나에게 보란 듯이 더 진한 밤꽃 냄새를 여전히 풍기며 자기의 자리에 서 있었다. 나만이 어리석었기에, 부지런한 계절 탓이라 말하듯….

변화된 일상들이 낯설었지만, 나도 살아내야만 했다. 강한 자가 살아남은 것이 아니라 살아남은 자가 강한 자들이라는 짧은 메시지가 눈길을 자주 끌었다. 또한 누구보다도 시간이 제일 수다쟁이라서 지나면 다 알게 될 것이란다. 그렇다. 지금의 현상들이 추억으로 자리매김할 때가 분명히 오리라. 아니 백신 접종이 지금 한창이니까. 곧 종식될 날이 하루라도 빨리 올 것이다. 서로 믿으며 조심하고 기다리는 마음을 누가 탓하랴.

인디언들의 격언을 다시 되새겨 보았다. 혼자서 빨리 가려는 것도 너무 어리석었다. 경쟁에서 추월당하지 않으려는 것이다. 하지만, 인생길이 짧은 거리가 아니지 않던가. 멀리 가려면, 빠른 속도보다는 여럿이 함께 가야 한다는 지혜가 절대적인 것이다. 마라톤처럼 지치지 않고 호흡을 가눌 줄 알아야 한다. 서로 다독이면서 천천히 주위도 살피는 그들의 느릿한 지혜로움이 놀랍다. 나도 모르게 약간 얼굴이 붉어졌다. 혼자 생각할수록 지난 일들이 좀 부끄럽기도 했으니까.

몇 해 전인데 어느 수련원 프로그램에서 신기한 체험을 했다. 식사를 하는 도중에도 종이 울리면 멈춰야 했다. 어떤 일을 하거나, 어디서 무슨 이야기를 하다가도 멈춤의 종이 울리면, 일단 멈추는 것이다. 심지어 입에 음식을 가득 넣고도 멈추니까 옆에 사람의 참는 웃음도 보였다. 바로 이것이 소통인가.

그때, 오솔길을 걷다가도 종이 울리면 한쪽 발을 들고 있으니, 그 순간에 제비꽃의 청순한 눈웃음도 보였고, 소슬바람의 속삭임도 들을 수 있었다. 급히 내딛던 한쪽 발을 들면서 균형 감각도 중요함을 배웠다. 단 몇 분의 멈춤인데, 무척 신비로움을 많이 느꼈던 그 기억이 새롭다. 함께 과정을 이수한 수련생들의 체험 수기에서 멈추니 보이는 것들이 그렇게 많아서 감동을 받았다. 제때 멈출 수 있음의 소중함이 아닐까.

돌아보면, 현대를 사는 우리가 정보화 시대를 맞으며 너무 앞만 보고 질주하지 않았던가. 바쁘다는 핑계로 나 역시 자연스럽게 꽃이 피고 지는 때도 몰랐듯이 무감각하게 소중한 것을 거의 잊고 살았다. 때론 상대적 빈곤과 박탈감 속으로 멈춘다는 것은 패배나 포기인 듯. 마치 목마른 시간의 수레에 탔다가 늦어서 떠밀렸고 휩쓸리며 지냈다. 한심한 나만의 착각으로 무한대로 미루기만 했으니까.

정녕, 누가 중요하며 무엇이 더 소중한지도 생각하지 못했다. 브레이크가 없는 자동차는 고장이거나 사고를 막을 수 없다. 바람 불 때 춤

추라 했듯이 기왕에 감염 예방을 위해 혼자만의 시간을 택해야 하겠다. 나무와 꽃들을 친구로 삼으면서. 이런 기회에도 아등바등하면서 바쁜 척 한다면 어떤 향이나 맛과 멋은 찾을 수 없으리라. 마치 쉼표가 전혀 없는 문장처럼.

윤영남 | 『월간문학』 수필 등단(1992년). 숭실대학교 교육학 박사(평생교육전공), 시인, 수필가. 선사문학상 본상 수상. 저서 : 수필집 『또 하나의 시작을 위하여』 『관계』. 국제PEN한국본부 이사, 한국문협 낭송진흥부위원장, 꽃불문학회장, 아리수문학회 이사, 강동문협 고문. 사임당문학회장 역임.

나를 멈추게 한 순간

박미경

상처였다.

우리 동네에서 내가 가장 사랑하는 두 주택이 시차를 두고 변해 버린 것은.

대로를 지나 골목으로 접어들 때면 예외 없이 나의 시선은 담쟁이 벽돌집에 머물렀다. '잎 수천 개를 이끌고 결국 그 벽을 넘는' 도종환 시인의 「담쟁이」를 떠올리기도 하고 오 헨리O.Henry의 「마지막 잎새」를 상상하기도 했다.

창문과 현관문을 제외한 3층 벽돌 주택이 온통 담쟁이로 덮인 풍경은 유럽의 오래된 성 같은 운치를 자아냈다. 봄여름에는 싱싱한 초록 잎이 찬란히도 빛났고 단풍으로 물든 담쟁이 잎이 현란하게 타오르는 계절이면 그 집안의 누군가에게 편지라도 쓰고픈 심정이 되었다. 고독하게 떨어진 잎 사이로 실핏줄처럼 얽힌 겨울 담쟁이 줄기들의 생명력을 보며 위로와 감탄으로 그렇게 십수 년의 세월을 보냈다.

어느 날 갑자기 담쟁이 잎들이 귀신처럼 흔적 없이 사라졌다. 단 하나의 이파리도, 줄기도, 뿌리도 남김없이 제거되고 맨몸으로 우두커니 서 있는 벽돌집을 바라보던 순간의 참담함이라니…. 알 수 없는 분노와 모욕감, 무언가 억울하기까지 한 감정들 때문에 눈물을 삐질거렸다. 허전하고 우울했다. 마음을 다스리느라 그 길을 애써 외면하고 다녔다.

초여름이면 내 마음을 들뜨게 하던 또 하나의 집이 있다. 5층 빌라의 벽면을 타고 옥상까지 타고 올라가던 능소화는 완벽한 한 편의 벽화였다. 슈퍼마켓을 갈 때마다 주황빛 등을 달고 올라가는 화려한 꽃벽화를 보기 위해 돌아가는 길 또한 얼마나 행복했던가. 마치 동화 「잭과 콩나무」처럼 한없이 하늘을 향해 올라가는 능소화를 바라볼 때면 황홀감이 서럽도록 차올랐다. 꽃들과의 교감을 즐기던 그 빌라의 능소화마저도 하루아침에 말끔히 사라져 버린 날, 발 뻗고 울고 싶던 상실감은 아직도 쓸쓸한 기억으로 남아있다.

듣기로는 담쟁이나 능소화의 넝쿨이 너무 강해 건물의 수명을 단축시킬 위험성이 있다고 했다. 또한 담쟁이 집의 주인이 병이 들자 담쟁이를 못 견뎌 했다고도 했다.

인간에게 경탄과 겸손, 감사를 일깨우는 자연의 힘을 터득한 나이가 되었기 때문일까. 지난봄 강릉의 송정 해안 숲길에 숙박 시설이 들어선다는 소식을 듣자 아연해졌다. 허초희의 숨결이 고스란히 살아있는 경포대 해송 숲길은 갈 때마다 더없는 기쁨과 충만함을 누리던 장소였다. 700년을 이어온 해안가 솔숲의 심미적 가치를 어디에 비할까. 왜 사람들은 자연을 있는 그대로 두지 못하고 경제적 논리로만 개발해야 성공한다고 믿는 것일까. 사업주가 강원도 행정심판을 청구하자 강릉시가 사업주의 손을 들어주었다는 뉴스에 헛웃음이 나왔다.

다행히 송정동 주민들과 해송 숲 보존회에서 숙박 시설 반대 모임을 시작했다. 서울에서 내가 할 수 있는 일은 목소리를 더하는 일이라고 생각했다. 관공서에 민원을 넣기 위한 내 생의 첫 번째 전화였다. 강릉시청 민원실로, 건축과로, 송정 숲 담당 공무원을 찾아 전화를 했다. 송정 숲을 사랑하는 서울 시민임을 밝히자 주무관은 시민의 전화를 많이 받았다면서 행정심판 청구 인용에 감사 요청이 들어간 상태라며 대체 부지를 찾는 중이라는 희망적인 대안을 제시했다. 강릉 국회의원 권성동 사무실로, 또 강릉 바우길 사무국으로도 전화를 걸어 송정 숲 살리기에 힘을 보태 달라는 간절함을 전했다. 즉각적인 그들의 반응에 따라 뿌듯함도 실망감도 피부에 닿아왔다. 전화를 마친 후 비로소 '시민'이 되었다는 묘한 안도감을 느꼈다. 책임, 연대, 동참…. 그런 단어의 아름다움을 알 것 같았다. 그리고 『경제성장이 안되면 우리는 풍요롭지 못할 것인가』의 저자 더글러스 러미스의 일화를 기억했다. 어느 날 거리에서 시위 중인 피켓라인을 통과해야 했을 때 '그냥 지나치기 미안해서 라인에 합류해 세 바퀴 정도 돌다가 집으로 돌아갔던' 경험으로 인해 그의 인생이 달라졌다. 시위대와 함께 세 바퀴를 돌고 난 뒤의 '형용할 수 없는 해방감'이 그를 반전 운동가, 평화 운동가로 이끌

게 되었으니.

생각만으로 가득 찼으나 행동으로는 옮길 수 없었던, 연대를 필요로 하는 사회의 크고 작은 사안에 이제야 눈을 뜬 것이다. 그렇게 뜨겁던 여름이 지나고 송정 해안 숲이 그대로 보존된다는 소식이 들려왔다.

박미경 | 『월간문학』 수필 등단(1993년). 동포문학상 및 동리문학상 수상. 저서 : 수필집 『내 마음에 라라가 있다』 『박미경이 만난 우리시대 작가 17』 『50현장』 『독학자의 서재』 외 다수. 한국문인협회, 한국수필가 협회, 국제PEN한국본부 회원, 현)내일신문 『미즈내일』 편집위원, 한국신문 윤리위원.

너의 그림자

류경희

살다 보면 가끔 예기치 않던 상황과 부딪칠 때가 있다.

그러나 그것이 무거운 짐이 아니라 행운권에라도 당첨되어 기대치 않았던 작은 선물을 받았을 때처럼 부담 없는 기쁨일 수 있다면, 일상의 평범함을 깨는 이런 준비되지 않은 만남과도 가끔 마음을 열고 싶다.

비가 오락가락했던 엊그제 저녁 우연히 스쳐 간 어떤 사람과의 가벼운 인연도 예사롭지 않은 즐거움이었다.

늦은 열 시.

별다른 약속이 없는 사람들은 이미 둥지로 돌아가 하루를 접으려 하고 있고, 이런저런 이유로 어울림의 자리를 마련한 이들은 끈끈한 인정의 매력에 한껏 젖기 시작하는 극적인 시간이 바로 이때가 아닐까.

화기애애한 저녁 모임이 있었다. 당연히 2차로 자리를 옮기자는 떨치기 어려운 유혹을 초인적인 자제심으로 사양하고 나는 마침 내 앞에서 멈칫거리던 택시에 재빨리 몸을 실었다.

-너만 버리기 아까운 가정이 있는 것이 아니야.-

택시 차창을 두드리며 야유하는 친구들에게 손 인사를 던지며 목적지를 기사에게 말한 후 시트에 깊숙이 몸을 기댔다. 달리는 차들이 뜸해지기 시작한 도로는 아스팔트에 어린 쇼윈도의 희미한 불빛과 어우러져 마치 화장을 지우지 않고 자리에 누운 나이 든 여인처럼 낡고 지쳐 보였다.

저녁을 먹으며 곁들였던 두어 잔의 맥주 탓이었을까. 나는 약간 달아오른 얼굴을 식히려 차창에 가만히 볼을 대어보았다. 차가운 유리의 매끄러운 느낌이 탄산음료처럼 짜르르하게 내 살에 전해져왔다.

그때 묵묵히 운전을 하던 앞자리의 기사가 조용히 노래를 하기 시작했다.

'들길 따라서 나 홀로 걷고 싶어

작은 가슴에 고운 꿈 새기며

나는 한 마리 파랑새 되어

저 푸른 하늘을 날아가고파

사랑한 것은 너의 그림자

지금은 사라진 사랑의 그림자'

손님을 태우고 노래를 하는 기사도 물론 흔치 않지만 더구나 낯모르는 사람과 한 공간에 있을 때 부르기에는 전혀 어울리지 않는 노래가 한 남자에게서 흘러나오고 있었다.

어찌 생각하면 정상이 아닐 수 있는 상황이었는데 신기하게도 나는 차 안의 공기가 익숙하고 편안하기까지 했다. 노래를 부르는 그가 조금도 이상하게 여겨지지 않았던 것이다. 미성이라고 하기엔 많이 부족한 낮고 약간은 거친 그의 목소리를 들으며 나는 옛날 이 노래를 좋아했던 한 여자를 불현듯 생각했다.

J.

매끈하고 단단한 나무 조각 같았던 그녀는 동료 교사들과 어울리지 못하고 늘 혼자서 저만치의 거리에 있었던 묘한 분위기의 처녀였다. 행동이나 말씨가 언제나 자로 잰 듯 깔끔하게 절제되어 있었던 그의 창백한 얼굴은 웃는 모습을 거의 보이지 않는 그의 표정 때문에 더욱 차가워 보였다.

잘못도 없는 사람을 공연히 주눅 들게 만드는 나이보다 한참 조숙한 몸가짐의 그녀를 편하게 생각하는 사람은 거의 없었다. 그러나 돌이켜보면 그녀가 오히려 우리를 외면했던 것이 아닌가 하는 생각도 든다. 아무튼 나도 역시 동년배였지만 한참 언니같이 단정하기만 한 그녀가 거북했고 그래서 다수의 편에 붙어 잘난 그녀를 은근히 시기하고 있었다.

그러던 어느 날 직원 회식 자리에서 의외의 일이 벌어졌다.

노래방 기기가 없던 시절이었던지라 여흥 시간이 되면 몇몇 직장 내 가수들만이 노래판을 주름잡곤 했었는데 누군가 J를 호명하자 없는 듯 한쪽에 앉아있던 그녀가 사양치 않고 자리에서 일어나는 사건이 생겼던 것이다.

우리는 놀라서 입안의 술과 음식들을 급히 삼켜버리고 눈을 크게 뜬 채 그녀를 바라보았다. 어떤 사양의 너스레나 인사도 없이 그녀가 노래를 시작했다.

'들길 따라서 나 홀로 걷고 싶어'

이미 귀에 익은 노래였지만 아무런 반주도 없이 조용하고 우울하게 부르는 그녀의 노래는 묘하게 가슴을 누르는 기가 느껴졌다.

'사랑한 것은 너의 그림자

지금은 사라진 사랑의 그림자'

그때 나는 마지막 대목을 부르는 그녀의 눈동자에서 반짝이던 물기를 보았다. 그리고 그 작은 물방울은 우리들 사이를 가로막고 있었던 반목의 둑을 한꺼번에 허물고 말았다. 지금은 사라진 사랑의 그림자를 독백하듯 뇌이며 눈물을 흘리던 그녀를 그 순간부터 사랑하게 되었던 것이다.

그 후 J와 나는 거의 모든 시간을 붙어 다녔지만 그녀의 그림자로 남은 사랑에 대하여 한번도 궁금한 기색을 내보인 적이 없었다. 감히 묻기조차 어려울 만큼 그녀의 눈물이 아름다웠기 때문이다.

나는 노래를 부르는 택시 기사의 뒷모습을 좋은 마음으로 바라보며 그의 노래를 따라 부르기 시작했다.

'나는 한 마리 파랑새 되어 저 푸른 하늘을 날아가고파-'

다행스럽게도 그는 내가 차에서 내릴 때까지 내 쪽에 눈길을 주지 않고 노래를 같이 불러주었다. 마음을 읽을 줄 아는 고마운 사람이었다. 그리고 오래도록 가슴에 남아 있을 것 같은 아름다운 밤이었다.

류경희 | 『월간문학』 등단(1995년). 환경부장관상, 청주시 문화상, 함께하는 충북도민대상, 청주문학상, 연암문학상 대상, 계관문학상 대상 등 수상. 저서 : 수필집 『그대 안의 블루』 『세상에서 가장 슬픈 향기』 『소리 없이 우는 나무』 『빛나는 유리반지 하나』 『즐거운 어록』 『우리가 만드는 푸른 세상』 외. 국제PEN한국본부, 한국문인협회, 대표에세이문학회 회원.

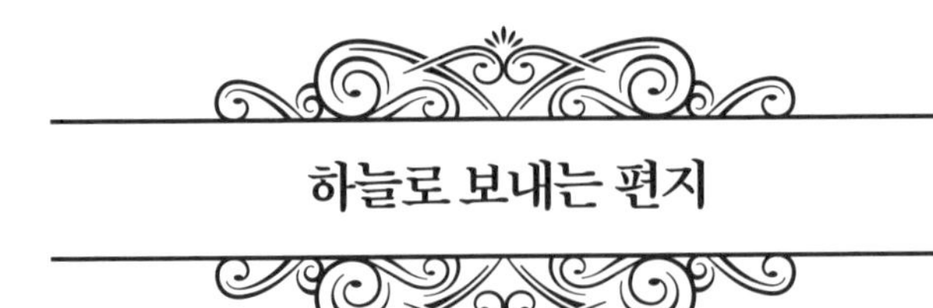

하늘로 보내는 편지

조현세

“잠시 걸음을 멈추고 스무 살 안팎 젊은 목숨을 구국에 기꺼이 바친 뜻을 새기고 넋을 기려다오.”

숲 초입에 백마부대 충혼탑에 552명 넋을 기린 글귀를 보시더니, 어머니가 옹송망송 혼잣말이시다. “이런 탑은 동작동에 있어야 될 것인데…, 여기 혼들도 이젠 많이 늙어가고 있을 거라.”

나는 ‘세상에 영혼도 늙어가나요?’ 반문할 수가 없었다. 어머니는 1.4후퇴 때 한강 변에서 의사 초년생인 남편을 잃었다. 당시 갓난 아들은 어머니 삶의 덫이었는지 아니면 닻이었는지 모르지만 어쨌든 이렇게 살아남았다. 핏덩이 아이를 안고 어머니는 피란살이 열차를 탄 것이 이십 대 청상靑孀의 출발이었다.

“전쟁에 장한 사람도 있지만 징하게 애달프구나. 젊어 죽은 사람만 억울하다. 또 전쟁 터질까 무섭다.”

어머니 돌아가시기 얼마 전 산책 나왔던 때다. 평소엔 윤봉길기념관만 보고 갔는데, 그날은 남쪽 시민의숲 속 추모탑을 모두 돌았다. 휠체어에 앉은 어머니 눈가가 촉촉해졌다. 시간의 끝에 와 있기 때문일까. 어머니 눈길은 평소보다 오래 머물렀다. 봄은 휠체어에 앉은 어머니 등 뒤에 있었지만 어머니의 시간은 북망산으로 달려가고 있었다.

다음 조형물은 비행기 형상화에 죽은 이들의 이름이 새겨있다. KAL기 미얀마 상공 피폭 희생자 위령탑 앞에서 어머니의 목소리가 갑자기 커졌다. “징글맞은 빨갱이!” “쥑일 놈들 같으니라구.” 88올림픽 한 해 전에 152명의 목숨을 앗아간 사건이다. 사막 근로자였던 40대가 제일 많았다. 어머니는 욕하면서도 납치범 김현희는 아이 키우며 잘살고 있는지 걱정하신다. 전쟁의 생채기는 여전하지만, 그것을 치유하려는 모성의 본성이 어머니 마음에 함께 일어나고 있는 듯했다. 다시 한국전쟁으로 돌아간다.

“어디 비행기인지 좀 알아보라는 말만 안 했어도… 내가 죽일 년이지….”

당시 자신이 한강 쪽에 사정을 살펴보라 말했기에 남편이 폭격을 맞았다는 자책인 것이다. 바로 눈앞에서 비행기 폭탄 투하 현장을 목격했으니, 어머니는 비행기 소리만 나면 언제나 안절부절못했다. 어머니는 내가 사춘기 때 딱 한 번 이 말을 했다. 남북한 비행기인지도 모르는 한탄 소리는 제발 그만두라는 말로 타박해 막아 왔기에 그 이후에 일들은 나도 모르게 된 셈이다.

어머니는 손주를 다 키워낸 후에야 비행기에 오를 용기를 냈다. 대만 관광 탑승 수속을 끝내자 어머니가 말했다. "걱정 마라. 살아온 사람은 어떻게든 다 살아낸단다."

다시 안쪽으로 가면 502명 희생자 삼풍백화점 참사 위령탑이 있다. 누구의 생일이었는지 국화꽃이 처연하다. 한날한시에 죽은 이들 이름과 나이가 구구절절 사연을 안고 있다.

"대명천지 밝은 세상에 떼죽음이라니…. TV로 생존자 찾기 생중계 하던 때가 바로 엊그제 같구나. 부처님 가호로 우린 그때 거기에 안 갔잖니. ……."

어머니는 그 백화점에 부엌 용품을 사러 갔던 기억을 꺼냈다. 친구 모친도 죽고, 알 만한 구청 건축직 공무원도 감옥에 갔기에 남 일 같지 않은 사건이다.

숲 출구 쪽에 우면산 산사태 희생자 추모비도 있다. 16명이 죽었고, 아파트 1층까지 온통 흙무덤이 된 사건이다. "우면산에 세웠어야 할 기념탑이 왜 여기에 와 있을까." 돌기둥들의 작은 탑신이 조형미를 갖췄다. 바닥 판석에 새겨진 헌시獻詩가 4개의 추모탑을 정리해준다.

> 바람이 스쳐만 가도/ 그대 목소리 귓가에서 맴돌고/ 동백꽃 질 때마다 심장이 멍드는데/ 별이 되어 다시 만날까// 칠월이 온다.

집으로 돌아가는 길에, '앞으로 억울한 이가 많이 죽어도 이 숲에는 더 이상 조형물 설치하면 안 되겠더라.' '여기 숲으로 불러온 1,200여 혼령들도 만원인데, 고속도로 옆이라 시끄럽겠다.'라는 현실적 걱정은 모자母子가 생각이 같았다.

세월이 흘러 나는 한강 변을 피한 서울 변두리에 자리를 잡고, 지방에 어머니를 모시려 했지만, 두 번 다시 서울 땅은 밟지 않겠다고 버티셨다. 그러나 첫째 손주를 얻자 어머니는 결국 상경하셨다. 말죽거리가 허허벌판일 때, 동산마을로 이사와 둘째 손주를 안겨드렸다. 어머니는 뒤뜰에 김장독을 묻고 담벼락에 호박을 심었다. 두 손주를 돌보는 것이 행복의 조건이 되었지만, 아이들이 커가고 여유가 생기자 어머니는 동네 절에 다니며 붓글씨에 빠지셨다.

몰입의 생활에서 어머니에게 드리운 전쟁의 기억도 거의 잊혀가며 추모공원 숲의 휠체어에서 아픈 회상마저 받아들이신 봄날은 거기까지였다. 구순을 앞두고 어머니의 몸에 암 덩어리가 생겼다. 그 산책의 일상도 그리 오래가진 못했다. 벚꽃 비가 한창 내릴 때 어머니는 하얀 서리를 맞고 흙으로 돌아가셨다. 불효자는 봄날마다 어머니와 함께했던 휠체어 산책길을 휘돌아 자전거 페달을 밟는다. 조형물마다 어머니의 한숨이 보태지는 것 같다. 그리고 어머니 붓글씨 연습지로 온통 도배된 옥탑방 연구실에서 시민의숲과 청계산을 바라보며 하늘로 편지를 보낸다.

죽은 자에 대한 추모는 우리를 돌아보게 한다. 오늘이 내 생애 마지막 날이라면 나는 무엇을 할 것인가. 꼭 유족이 아니더라도 떠도는 영혼에게 편지를 쓰면 어떨까. 내 명함에 '시민의숲에서 하늘로 보내는 편지 관리 우체국장'이라는 봉사직 하나를 넣고 싶었다.

좀 더 나가서 숲의 남쪽 여유 공간에 자녀-손주들 타임캡슐Time Capsule 입지를 떠올렸다. 추모공원 안에 또 다른 미래의 삶, 앞으로 오십 년, 백 년 앞을 기다리는, 즉 세월을 묻는 보물단지 터! 숲의 땅속으로 공간이 더해지면 좋겠다. 그때 하늘로 보내는 나의 편지에는, '어머니 품에 한번 안기고 싶어요.' 땅속 캡술에는 '손주들아, 할아버지 세대에서 나랏빚 많이 지고 환경 파괴한 것도 미안하다.'

조현세 | 『월간문학』 신인상 등단(1995년). 저서 : 수필집 『마라톤과 어머니』, 콩트집 『현세 콩트 conte, 세상을 살피다』. 도시계획 기술사. E-mail : cityboy982@hanmail.net

그가 보이지 않는다

김지헌

오늘 걷고 있는 길은 유난히 적요하다. 스러져가는 생에 대한 절규처럼, 매미들이 그악스레 울어대던 초가을의 소란스러움이 차라리 그리울 지경이다. 간간이 들리는 산새 뒤척이는 소리, 주변에서 어슬렁대다 도망치는 들고양이 소리가 전부인 밤이다. 저벅저벅 걷는 내 발소리만 유독 크게 들려 귀에 의식을 모으다가 문득 요즘엔 그가 보이지 않는다는 생각에 이른다.

지난 초여름, 그날은 가냘픈 하현달이 동쪽 하늘에 외로이 떠 있었다. 드문드문 가로등이 있지만 이런 날의 시야는 넓지 않아서 굽은 길을 돌다가 다른 산책자와 마주치면 흠칫 놀라곤 했다. 해마다 여름은 오고 가지만 마치 처음인 것처럼, 가로등 아래서 드러나는 무성한 이파리들이 자아내는 풍경에 빠져 반은 생각을 놓은 채 걷고 있었다. 그때 이 길에서는 경험하지 못한 생경한 소리가 들렸다. 드르륵 드르륵 …. 기계음도 아니고 무엇인가에 끌리는 그 소리는 길모퉁이를 돌아오는 중인지 내 시야에는 잡히지 않았다. 실체를 확인하지 못하는데 들려오는 낯선 소리는 궁금증과 무섬증을 더할 뿐이었다. 그 소리에 내 의식은 온통 집중되었고, 기억과 상상력을 마구 헤집어대더니 마침내 프랑켄슈타인을 소환했다. 소리가 형체를 만들어내는 순간, 그 괴기스러움에 소름이 오싹했다.

핸드폰을 꺼내 손전등을 켜서 바지 호주머니에 넣었다. 보이지 않는 저 대상이 불빛을 들이대야 하는 존재인지 감춰야 하는 존재인지 알 수가 없기 때문이다. 그 상황에서도 나는 집을 향해, 알지 못하는 저 존재를 향해 앞으로 나아갈 수밖에 없었다. 마침내 소리를 내는 검은 물체가 저만치 모습을 드러냈다. 드르륵거리는 소리가 점차 가까워지면서 기계음 섞인 사람의 소리도 들쑥날쑥 끼어들었다. 의식 속에서 사람이라는 단어가 확정되는 순간, 내 시야에도 직립보행하는 존재가 나타났다. 그러나 드르륵거리는 저 소리는 대체 어디서 나는 것일까. 내가 상상하던 프랑켄슈타인은 아니었으나 밤중에 외진 길에서 듣는 소리의 괴기성은 여전했다. 핸드폰을 꺼내 손전등을 땅에 비추는 것으로 소리의 주인공에게 내 존재를 알렸다. 두 사람의 거리는 점점 좁혀지고 그가 내 옆을 스칠 때 할렐루야, 아멘, 그리고 열광하는 박수 소리를 들었다. 그의 남방 호주머니에 들어 있는 핸드폰에서 녹화된 부흥회 장면이 재연되고 규칙적인 드르륵 소리는 그의 손에서 호두가 부딪는 소리였다. 이 밤중에 고요한 길을 걸으면서 내는 저 소리가 그에게는 아무렇지 않게 들리는 것일까? 가끔이지만 지나가는 사람들은 생각하지 않는 것일까. 안도와 함께 원망이 스쳤다.

그 후로 1주일에 서너 번 나서는 산책길에서 어김없이 그를 만났다. 초여름에서 가을까지 계절이 바뀌는 동안 내 산책길은 드르륵거리는 소리로 소름이 돋았고, 그의 주머니에서 들리는 열광하는 신도들의 고성으로 갈등했다. 내 평화로운 산책길에서 저 소리를 듣지 않을 수 있다면 이 시간이 얼마나 완벽해질까. 어느 때는 제발 드르륵 소리를 내지 말아 달라고 그에게 사정이라도 하고 싶었다. 그가 소리를 끌고 와 들리지 않을 때까지는 고작 5분 남짓일 텐데 나는 그가 내는 소리를 들은 후로는 신경이 거슬렸다. 어느 날엔 냇물이 흐르는 다리 위에서 검은 물체가 움직여 보았더니 그가 산을 향해 서서 자신의 몸을 난간에 비비며 어떤 동작을 하고 있었다. 마치 짐승이 몸부림치고 있는 것 같았다. 그만의 방식으로 기도를 하거나 운동을 하고 있을 테지만 내겐 그의 행동이 기이하게만 보였다. 그에게서 '할렐루야, 아멘'을 외치는 소리가 터트려지고 있으니 내가 과민한 것만은 아닐 것이다.

다른 지역에 비해 안전하다 여겼던 광주에 코로나가 기승을 부리던 여름이었다. 어느 정치 단체와 종교 단체에서는 관광버스까지 동원하여 광화문 거리로 나갔다. 사실과 거짓이 섞인 흉흉한 소문이 돌고, 전염병이 창궐하는 시기에 물색없이 행동한 그들은 국민에게 지탄받았다. 같은 종교라는 이유 때문인지, 소리를 끌고 다니던 그 남자에게도 비슷한 시선이 던져졌다. 그의 소리에 집착하는 동안 나는 스스로 어떤 감정을 발아시켜 키워나갔던 것일까. 제발 그를 더는 보고 싶지 않다고 아우성치는 내면의 소리를 감지했다. 끝내 나는 그를 싫어하면서 배척하는 자신을 보고 말았다.

아침저녁으로 제법 쌀쌀해진 그날 밤에도 산책길에서 돌아오는 중이었다. 신작로에 들어서서 허름한 2층 건물 앞을 지나갈 때였다. 여름이라 열어둔 문틈으로 줄줄이 늘어선 다육식물과 작은 화분들이 보이는 곳이었다. 장년 남자가 건물 입구에 둔 화분의 나팔꽃이 감고 올라간 지지대를 손보고 있었다. 저처럼 연약한 식물을 사랑하는 사람은 심성 또한 선해서 자신이 사는 세상에 어떤 해악도 끼치지 않을 것이다. 보기 드물게 흐뭇한 광경에 눈길이 머문 채 그 앞을 지나치는데, 남자가 손에 묻은 흙을 털며 일어섰다. 그와 내 눈길이 마주쳤다. 양의 눈을 떠올리게 하는 선량한 눈빛이었다. 드르륵과 '아멘'을 몰고 다니던 남자였다. 무심한 표정의 그와는 달리 내 안에서 무엇인가가 무너졌고, 나는 그 자리를 도망치듯 벗어났다.

이즈음엔 그가 보이지 않는다. 그에게 무슨 변화가 있었던가. 어쩌면 그는 평범한 한 사람으로 일상을 보내며 자신이 생각하는 가치와 의미에 충실했을 텐데, 흔들리는 내 감각이나 감정 단속을 못 하고 현상에 매몰되어 타인을 이해하려 하지 못했다. 하루의 일과를 마치고 산책길에 나설 때 나에게 온전한 일상이 되듯, 그에게도 지친 영혼을 정화하는 오롯한 시간이었을 텐데. 코로나19로 인해 사람과 거리 두기를 하는 이즈음, 안전거리를 핑계로 자신의 생활 범주 안으로 오는 이들을 가차 없이 막아버리는 일이 없었을까. 삶이 주는 경험의 깊이는 대상을 보는 방식에서 드러날 텐데….

그는 언제 다시 올까. 그가 내는 소리보다는 내 안의 소리에 귀 기울이겠다는 이 결심이 스러지기 전에 와야 할 텐데. 눈으로 보고 소리에 흔들리는 부박한 내 마음을 그때까지 붙들어 맬 수 있을까. 언제쯤이면 소리와 형체에 끄달려 사는 존재에 대한 부끄러움에서 벗어날 수 있을까.

김지헌 | 『수필과비평』(1993년), 『월간문학』(1996년) 수필 등단. 『호남신문』(2000년), 『전북일보』(2002년) 신춘문예 소설 당선. 수필과비평문학상, 신곡문학상(수필), 국제문화예술상(소설), 광주문학상(소설) 등 수상. 저서 : 수필집 『울 수 있는 행복』 『표면적 줄이기』 『그는 누구일까』, 수필선집 『발자국』 『어둠 짙을수록 더욱 빛나지』, 소설집 『새들 날아오르다』(2011년 우수도서 선정) 『켄타우로스, 날다』(2019년 아르코 문학나눔), 장편소설 『오래된 정원에 꽃이 피네』 외 다수. 조선대학교 문학박사, 동 대학 국문과 외래교수. E-mail: kim-ji-heon@hanmail.net

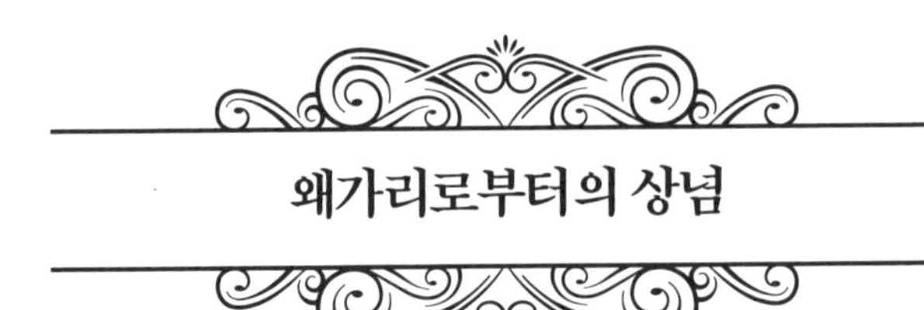

왜가리로부터의 상념

정태헌

이슥한 밤, 생명이 에너지를 충전하여 영혼의 키를 한 뼘씩 키우는 시각이다. 어둠은 밝을 때 일어났던 일들을 밤에 다시 펼쳐 놓고, 그 사유의 뜨락으로 손목을 잡아 이끈다.

그날 미동도 하지 않은 채 서 있던 왜가리 한 마리, 먹이를 잡기 위한 모습이 아니었다. 두 발목을 강물에 서려두고 먼 곳을 응시하고 있었다. 흰색 몸통에 가슴과 옆구리에 난 회색 세로줄 무늬가 신비스러웠다. 물살은 왜가리의 발목을 하염없이 적시며 흐르고 흘렀다. 강물 밖으로 삐죽 내민 바위나 강기슭에 날개를 접으면 되련만, 왜 강물 속에 발목을 담그고 있는 것일까. 강가에 서식하는 수초 식물처럼 발은 강물 속에 서려두고 몸체는 밖으로 내민 형국이었다.

달포 전, 섬진강 변을 지나다 눈에 잡힌 한 풍경이었다. 왜가리의 몸통보다는 흐르는 강물 속에 담그고 있는 두 발이 더 궁금하기만 했다. 불현듯 두 발이 왜가리의 뿌리로 여겨졌기 때문이었다. 왜가리는 땅속에 내릴 수 있는 뿌리가 없어 두 발을 강물 속에라도 내린 것일까. 한데 날개를 가진 왜가리의 삶의 터전은 하늘일까, 땅일까, 강물일까.

왜가리에 대한 생각을 품은 채 지리산 기슭으로 향했다. 피아골 계곡을 한참 오르다 보면 길이 끊어진 곳에 철판으로 이어 놓은 다리가 있었다. 그 철 다리 중간쯤, 오른편 계곡 쪽으로 몸을 눕힌 한 그루 나무가 눈에 띄었다. 뿌리 내린 땅속에도 양분과 수분이 있으련만 무슨 영문인지 다른 나무들과는 달리 10여 미터 떨어진 계곡 쪽으로 몸을 45도쯤 기울이고 있었다. 바소꼴의 잎에 나무껍질은 코르크층이 두껍게 발달하여 깊이 갈라진 우람하고 키 큰 굴참나무였다. 계곡에 흐르는 맑은 물을 기웃거린 것일까.

언제부턴가 동물보다 식물에 더 마음이 쏠린다. 식물 가운데서도 나무에 더 눈길이 머문다. 나무는 지상에서 기품 있는 생물 중의 하나이다. 지표에 뿌리를 굳건히 내리고 하늘을 향해 두 팔을 펼친 모습은 꿈을 꾸는 자의 형상이다. 나무는 다른 어떤 생명도 포식하지 않고 자급자족해 살아가는 생산자다. 어쩌다 사람의 손에 붙들려 거처를 옮길지라도 하늘을 향한 묵도의 자세는 변함이 없다. 비바람이 몰아쳐 뒤흔들릴지라도 애오라지 머리 위를 지향할 뿐이다. 넘어지거나 뽑히지 않고 삶을 지탱할 수 있는 것은 깊은 뿌리 때문이다.

나무는 먹이를 구하고자 주변을 맴돌지 않는다. 한번 뿌리를 내리면 하늘이 준 햇볕과 땅이 준 물로 목숨을 일군다. 바람 속의 먼지 같은 것들은 다 뿌리치고 변치 않는 하늘과 땅에 기대어 생을 질박하게 꾸려 간다. 산짐승처럼 정처 없이 거친 숲을 싸다니며 터무니없이 탐욕을 부리지 않는다. 사람의 집에 안주하며 주인이 던져주는 밥이나 축내면서 아양 떠는 애완 강아지하고는 사뭇 다르다.

나무가 한곳에 붙박여 있어도 잎을 틔우고 꽃을 피우며 열매를 맺을 수 있는 것은 뿌리가 있기 때문이다. 하늘을 향하여 올곧은 삶을 일굴 수 있는 것은 이처럼 그만한 믿음이 있다. 가뭄이 들어도 태풍이 몰아쳐도 버틸 수 있는 것은 뿌리가 있기에 가능하다. 그 때문에 나무는 뿌리를 소중히 여겨 땅속 깊이 뿌리 내리기를 게을리하지 않는다. 나무는 땅에 영양분이 많을 때, 이곳저곳에 잔뿌리를 많이 뻗어 만들어 놓았다가 가물거나 땅이 척박해졌을 때 뿌리를 태워 영양분으로 삼는다. 그러기에 건목建木은 깊고 많은 뿌리를 지닌다.

얼마 전 들바람을 쐬고 싶어 한적한 근교로 나간 적이 있었다. 길가에 여린 채송화 싹이 보이기에 몇 포기 뽑아다가 집에 있는 빈 화분에 옮겨 심고 살폈다. 처음엔 예닐곱 포기였는데 두 포기만 살아남고 나머지는 시들머들해지고 말았다. 들길에 그냥 둘 걸 하고 후회도 들었지만 이미 때는 늦었다. 시들어버린 채송화들은 달라진 환경에서 뿌리내리지 못했을 터이다. 대신 살아난 채송화에 마음 들여 물을 주고 틈나는 대로 눈길을 주었더니 뿌리가 잘 내렸는지 등뼈를 세우고 손가락 두 마디쯤 크기로 머리를 들었다.

왜가리, 나무, 채송화가 번갈아 가며 의식 속으로 파고든다. 낮 동안 억압되었던 우주의 무의식이 만개하는 이 시각, 깊어가는 밤과 함께 생각도 깊어간다. 산기슭의 굴참나무, 강가의 왜가리, 베란다의 채송화가 갈마들어 눈에 암암하다. 뿌리는 각다분한 일상에서 사유하지 않고서는 뛰어넘을 수 없는 녹색 지대다. 이 밤, 존재를 키우고 버티게 해 주는 뿌리는 어느 현자의 전언이요 잠언의 한 구절 같다.

그들의 뿌리는 햇빛과 공기를 등진 채 땅속 물속, 어둠과 진탕 속에서 존재의 성장을 위해 그 얼마나 많은 밤을 불면으로 뒤척였을까. 그 어둠과 고통이 있었기에 땅 위에서는 밝음과 환희, 생명과 열매가 존재할 수 있었으리라.

산행길 내내 마음을 붙잡고 놓지 않았던 것은 뜻밖에도 '뿌리'였다. 손바닥으로 빈약한 내 가슴을 쓸어 본다. 가슴은 영혼의 집이며 인간의 뿌리이지 않은가. 시방, 나는 어디에 뿌리를 내리고 무엇을 자양분으로 어떻게 살아가고 있는 것일까.

정태헌 | 『월간문학』 등단(1998년). 광주문학상, 현대수필문학상, 국제PEN한국본부 광주작품상 등 수상. 저서 : 수필집 『동행』 『목마른 계절』 『경계에 서서』 『바람의 길』 『여울물 소리』 외 다수.

솔개

김선화

푸른 하늘 위로 솟구쳐 두 날개 활짝 펴고 비행하는 몸짓을 일찍이 흠모했다. 마당에 닭을 풀어 기를 때조차 창공에서 커다랗게 원을 그리는 그 위용을 무척이나 부러워했다. 병아리 떼를 감추고 씨암탉을 가두는 것으로 솔개와 사람 사이 경계의 날은 분명했지만, 한 번도 가까이서 살펴볼 수 없었던 그 야생의 눈빛이 궁금했다. 둥지는 어떻게 생겼을까. 새끼들은 여느 새들처럼 보송보송 귀여울까. 호기심은 내 의식을 붙들고 마구 숲속으로 끌어당기는 것 같았다.

어른들은 들에 나가며 누누이 닭을 잘 보라고 일렀다. 바꿔 들으면 솔개 잘 막으라는 말이다. 그뿐만 아니라 발가벗고 뛰노는 남동생들 잘 지키라는 뜻도 담겨 있었다. 사실인지 거짓인지 쑥덕거리기를 잘 하는 이웃 아주머니는 지나다가 우리 집 사립문을 기웃대며 "저 너머 누구네는 솔개란 놈이 글쎄, 마당에 기어 노는 사내아이를 냅다 물고 채갔디야." 했다. 그럴 때면 내 눈길은 절로 철부지 동생들에게로 향했고 그 솔개 놈의 날개를 가늠해보느라 머릿속이 분주해졌다. 열이면 열, 모두가 놈의 날개 한쪽이 키 짝만 하다고 했다. 탑새기와 알곡을 분류해낼 때 사용하는 키는 그때부터 내 안의 솔개 날개가 되었다. 어른들처럼 멋지게 키질 흉내를 내 볼 때면 내가 곧 솔개가 되어 거리낌 없이 하늘 위를 너울거리는 것 같았다. 매섭다고 알려진 눈초리도 어린 내 맘을 쥐고 흔들었다.

솔개는 시시하게 마당에 널어놓은 곡식이나 수수 모가지 따위를 탐하며 종종거리지 않았다. 날갯죽지를 위엄 있게 펼쳐 유유히 탐색하며 굵직굵직한 먹잇감을 노렸다. 솔개가 뜨면 나는 마당 싸리비를 들고 공중에 선을 그으며 훠이훠이 호령을 해댔다. 그러면서 동생들과 닭의 무리를 지켜냈다. 솔개가 자주 등장하는 것은 아니지만 너무 오래도록 보이지 않으면 괜히 보고 싶어지기도 했다. 날카롭다는 부리에 쪼일까 걱정은 되면서도, 어느샌가 산을 넘어와 우리들 머리꼭지 위에서 염탐하는 늠름한 기상에 길들어 갔다. 밀잠자리 맴돌듯 마당이나 터 삼은 우리에게 솔개의 등장은 그야말로 "떴다!"였다. 육하원칙에 의해, 솔개가 날아왔다고 말을 늘일 새가 없이 거의 단음절로 그 된소리 한 마디면 다 알아차렸다. 누가 먼저랄 것도 없이 아기는 방에 데려다 누이고, 뛸 줄 아는 동생들은 일사불란하게 몸을 피하며 울타리사이에서 한가로운 병아리까지 몰아 가뒀다. 솔개가 뜨는 날은 차령산맥의 국사봉에 먹구름 몰려와 비설거지하는 것보다도 화급했다.

한데 나는 왜 하필 아이들에게 위협적인 솔개를 좋아했을까. 새 중에도 힘이 세서 그랬을까. 아마도 어른들까지 절절매는 그 날개가 부러웠지 싶다. 산마을에 살며 새들의 일상은 사람의 일상처럼 그다지 새로울 것이 없었지만, 나는 은연중에 솔개가 되어 날아오르는 꿈을 꿨던가 보다. 적정선에서 안주하기를 거부하고 추구하는 이상향의 세계를 향해 기운껏 비상하고 싶은 야망이 싹터 올랐다. 멈춘 듯 나는 듯 공중에 떠 있기만 해도 존재감이 확고하던 그 몸짓을 은연중에 내 것으로 만들기로 했던가 보다. 솔개가 날아간 산 너머 저편엔 내가 꿈꾸는 신기루 같은 세상이 펼쳐질 듯하였다. 그러한 성정은 나를 더 이상 안온한 보금자리에 머물지 못하게 하여, 열일곱에 계룡산 줄기의 둥지를 박차고 나와 밤 기차를 타기에 이른다. 여러 가지 면에서 당위성을 내세워 큰 새가 되기 위한 첫 발걸음이었다. 자칫 수렁일까 조심하고 돌다리 앞에서도 머뭇거리며, 파닥파닥 연약한 날갯짓도 해보았다. 그러다가 고꾸라지기를 수차례. 어머니는 딸의 유년기부터 예사롭지 않은 근성을 알아보아 황새와 뱁새의 이론으로 기를 눌러댔지만, 정작 이 딸은 솔개의 적극성을 추구했다.

그 후 사십여 년, 나는 알게 모르게 솔개의 비행을 흉내 내고 있었다. 힘 약한 누군가를 위협하는 그런 행위는 말고, 꿈꾸는 세계에서 나는 듯 멈춘 듯 나름의 날갯짓으로 유유자적하고 있었다. 그러려고 그런 것이 아니라 어느결에 절로 그리되어 있는 스스로가 보였다. 제법 예리한 눈으로 사물의 본질을 헤아리는 안목도 생겼고, 도도히 창공에 떠서 바람을 가르며 온몸으로 마주하는 공기의 맛도 적잖이 느낄 수 있게 되었다. 이제부터는 그간의 내공으로 살아가도 될 만하다는 목소리들이 심심찮게 들려왔다. 그러나 세상엔 순조로운 삶이란 없는가 보다. 육십 고개를 앞두고 들이닥친 신체 기능의 위기로 은둔 생활에 들어가야 하는 처지가 되었다. 생의 리듬이 대폭 수정되어 심신 달래기에 열중하고 있다. 뭉텅뭉텅한 약쑥 뜸으로 전신을 달구며 피돌기를 원활히 하고, 한 줌의 약으로 장기臟器를 다스리며, 안타깝지만 글 쓰는 사람으로서 이곳저곳에 걸린 이름을 적절히 빼고, 수영장에 들어가 텀벙거리며 도 닦듯 가벼워지고자 궤적의 무게마저 줄여 나간다.

문헌에 의하면 솔개는 일흔 살까지 수명을 누릴 수 있다고 하지만, 장수하기 위해 중간에 과감히 용단을 내려야 한단다. 부리와 발톱이 노화한 마흔 살쯤엔 깃털이 짙고 두껍게 자라 하늘로 날아오르기가 힘들어져 이즈음의 솔개에게는 두 가지 길이 있을 뿐이라고. 그대로 죽을 날을 기다리든가, 약 반년에 걸친 매우 고통스러운 갱생 과정을 수행하든가 하는 택일이 바로 그것이다. 갱생의 길을 택한 솔개는 산 정상 부근으로 높이 날아올라 그곳에 둥지를 틀고 머물며 수행을 시작한다. 바위를 쪼아 부리를 깨서 빠지게 한 다음, 새로운 부리가 돋아나면 그것으로 묵은 발톱을 뽑는다. 새 발톱이 돋아나면 이번에는 무거워진 날개의 깃털을 하나하나 뽑아낸다. 속살 찢기는 고통을 감내하는 것이다. 이리하여 새 깃털이 돋아난 솔개는 완전히 새로운 모습으로 변신하게 된단다. 그리고 다시 힘차게 날아올라 서른 해의 수명을 더 누리게 된다고. 우화寓話일 수도 있는, 장수하는 솔개들에 관한 이야기이다.

지금 나는 솔개의 몸짓으로 바위틈 은둔지에 들어 부리를 부딪고 발톱을 뽑으며 깃털마저 솎아내는 연습 중이다. 진액이 묻어나더라도 원초적으로 보고 싶은 사람, 하고 싶은 일, 가당을 수 있는 명성을 밀쳐두고 갱생의 몸을 꾀하며 씽긋거린다. 일상 속에 늘여진 야심을 끊는 수행이 맹금류의 깃털 뽑히는 고통에야 어디 비하겠는가. 비록 솔개의 용단 시기보다는 늦은 감이 있지만 이제라도 터득한 이치이니 좀 더뎌진들 어떠하리. 목표물을 향해 에돌며 딴청 피우는 듯하나 저돌적이고, 공격성을 띠나 싶으면 여유로워 보이는 솔개와 이미 죽마지우가 되어 소통하는 데에야.

김선화 | 『월간문학』 수필 등단(1999년). 『월간문학』 청소년소설 등단(2006년). 제18회 한국문협작가상, 제27회 한국수필문학상, 전국성호문학상 등 수상. 저서 : 수필집 『우회(迂廻)의 미(美)』 외 8권, 시집 『빗장』 외 3권, 청소년소설 및 동화 『솔수평이 사람들』 외 2권. 월간 『한국수필』 편집국장.
E-mail : morakjung@hanmail.net

낡고 허름했던 교실

박경희

'나는 탈북 청소년의 스피커입니다'

강연 때마다 강당 혹은 교실 한편에 붙은 포스터 문구다. 탈북 소설, 동화, 르포를 쓰면서 얻게 된 타이틀이라 더없이 소중하다. 낡고 허름한 교실을 만나던 날의 충격이 엊그제 같은데, 어느덧 10여 년이 지났다.

방송 일을 하며 다양한 사람들을 만났지만, 탈북민에 대해서는 문외한이었다. '탈북자' 하면 찔레꽃 넝쿨 사이에 뿌려진 '붉은 삐라'가 떠오를 정도로.

어느 가을날, 탈북 학교 교장 선생님에게 전화가 왔다. 지난 10년간 탈북 아이들을 가르치며 얻은 기적 같은 일들을 책으로 내고파 작가를 찾던 중, 나와 연결이 된 것이라고 했다.

많은 망설임 끝에 나는 가락동 상가에 있는 학교를 찾았다. 낡고 허름한 건물이 교실이었다. 학교라고는 전혀 느껴지지 않는 분위기였다.

그 건물에 발을 디딘 순간이, 내 인생의 터닝 포인트가 될 줄은 상상도 못 했다.

교장 선생님과 이야기를 나누다 쉬는 시간에 낡은 교실에서 나오는 아이들을 보고 놀랐다. 진 바지에 꽉 끼는 옷을 입은 여자아이를 보며 헷갈렸다. 어쩌면 이 헷갈림과 호기심이 나를 탈북 아이들 곁으로 인도했는지도 모른다.

탈북 아이들의 르포를 써 달라는 청을 받았는데, 쉽지 않았다. 할 수 없이 '책으로 만나는 인문학 교실'을 만들어 아이들을 자주 만났다. 책도 읽고 글쓰기도 하면서 친해졌다. 사연이 없는 아이는 단 한 명도 없었다. 아프고 아팠다. 눈물 없이는 들을 수 없었다.

학교 각종 행사에 참석하거나 밥을 먹으며, 아이들의 눈물은 내 아픔이 되었고, 그들의 웃음은 기쁨이 되었다. 아이들을 만나는 횟수가 늘수록 내 안에 꿈틀대는 그 무엇인가 있었다. 그건 바로 아이들이 머물던 북녘땅을 직접 눈으로 보고 싶다는 열망이었다. 아이들에게 강을 건너 국경선 지대로 넘어가기까지의 숨 막히는 과정을 들어도 그저 막연했다. 탈북 경로에 대한 지도를 놓고 살펴보았지만 감이 잡히지 않았다.

다행히 '압록강 탐사'를 할 기회가 생겼다.

두 눈으로 그들이 거쳐 온 길을 보고 싶었다. 압록강 주변 국경선 일대를 쭉 훑으며 올라가다 보니, 아이들이 죽을힘을 다해 자유를 찾아 도망쳐 오는 모습이 아른거려 온몸이 떨렸다. '저 길을 따라왔겠구나,

철조망이 저토록 촘촘한데 정말 죽을힘을 다해 왔겠구나' 싶었다.

겉으로는 보이지 않아도 숲마다, 골짜기마다 초소가 땅속에 숨어 있다는 것도 알게 되었고, 때로는 그들에게 미리 돈을 줬기 때문에 시간 맞춰 도망가는 걸 봐주기도 하지만, 돈을 받고도 가차 없이 잡아 북송시킨다는 것도 알게 되었다.

강줄기를 거슬러 올라가면 갈수록 더욱 놀라웠다. 북한과 중국이 너무나 대조적인 풍경이었다. 북한은 장마로 인해 산하가 모두 무너져 내리고 있었다. 간혹 보이는 집들도 금방이라도 쓰러질 것만 같았다. 그저 평범한 중국의 농촌임에도 국경선 너머 북한에 비해 엄청나게 잘 살아 보였다. 그만큼 북한은 황폐해 보였다. 내 어릴 적 시골 마을은 가난해도 정이 넘쳐 보였는데 왠지 사람이 살 수 없는 마을처럼 초토화된 느낌이었다. 거기다 어찌 그리 민둥산은 많은지.

"뙈기밭에 옥수수를 심어도 제대로 자라질 못해 늘 배고팠어요. 그래서 나무뿌리와 산나물 캐느라 학교도 제대로 못 다녔어요. 제가 장마당에 나가 옥수수 장사를 해 식구들 끼니를 때웠지요. 장사도 할 게 없으면 '돼지풀'도 뜯어 먹곤 했지요. 그래도 가끔 고향이 그리워요. 언젠가는 국경선 근처라도 가서 고향 땅을 볼 거예요."

아이들이 하던 말이 실감 났다.

신의주 끊어진 압록강 다리 앞에 서는 순간, 가슴속에서 불이 활활 타오르는 것 같았다. 손만 뻗치면 닿을 것 같은 북한과 중국 사이에 놓인 끊어진 다리가 서 있었다. 한참을 서서 북녘땅을 바라보았다.

'아이들이 저 깊은 강을 어떻게 건너왔을까. 저 다리만 끊어지지 않

았다면…'

나도 모르게 속울음이 나왔다. 아이들이 흘리던 눈물의 의미를 가슴 깊이 느낄 수 있었다.

깊은 밤인데도 북한의 인가에는 불이 들어오지 않았다. 그야말로 앞뒤 꽉 막힌 암흑세계였다. 국경선 일대가 저럴 정도니 깊이 들어가면 오죽할까. 그래도 김형직 읍과 김정숙 군은 조금 나았다. 아파트도 보이고 제법 불빛이 보이는 것을 보니 권력의 힘이 무섭다는 걸 새삼 느꼈다. 하긴 평양 당원들은 대한민국 부자들 못지않게 호화롭게 산다는 이야기를 듣긴 했다.

혜산시에 다다르니 강 언저리는 철조망으로 철갑을 휘감고 있었다. 들리는 말에 의하면 그 철조망에 전기를 통하는 장치를 해 놓았단다. CCTV를 통해 탈북자를 엄격하게 색출한다는 말도 들린다.

실제로 보니 북한과 중국이 결코 먼 거리가 아니었다. 고작 도랑 하나만 건너는 거리였다. 폴짝, 뛰면 중국 땅으로 넘어올 수 있는 가깝고도 먼 나라. 혜산시에 냇가에 서서 보니 북녘땅이 더욱 가깝게 보였다. 50 미터도 안 되는 작은 다리만 건너면 말로만 듣던 북한 땅이었다. 강가에 앉아 빨래하는 아낙네의 모습이 선명히 보였다. 너와 지붕 같은 집들로 가득한 마을도 보이고 아이들이 몇몇 가방을 들고 지나는 풍경도 보였다. 신기하면서도 기분이 묘해졌다. 당장이라도 저 다리를 건너가 아이에게 말을 붙이고 싶었다. 내 마음을 읽기라도 한 듯, 안내원이 경고했다.

"절대 사진을 찍거나 소란스럽게 해서는 안 됩니다."

나는 멍하니 서서 '북한' 땅을 바라보았다.

내 고향 냇가만큼 얕은 물인데 넘을 수 없는 벽으로 가로막혀 있다니. 애석하고 아팠다. 어쩔 수 없이 내가 만나 온 아이들의 얼굴이 떠올랐다.

국경선 둑에서 연희 아버지가 총살을 당했다는 곳이 바로 저 자리가 아닐까? 싶은 생각이 들기도 했다.

고난의 행군 시절에 쌀을 구하러 나갔다 잡혀 온갖 고초를 당했다는 철이 어머니가 서 있던 자리는 아닌지. 이모 따라 중국으로 돈 벌러 오느라 병든 아버지에게 작별 인사조차 못 하고 온 것이 늘 가슴에 응어리로 남아 있다는 숙이. 새아빠의 구박에 못 이겨 밤 몰래 중국으로 도망쳐 온 것이 늘 엄마에게 죄지은 것 같다는 미희. 엄마 대신 옥수수 죽이라도 절대 굶기지 않으려 애쓰시던 할머니가 돌아가셨다고 대성통곡하던 명자. 옥수수 장사로 가족을 먹여 살리던 장마당 땅을 한 번만이라도 밟아 보고 싶다던 설화. 온 가족이 밤에 몰래 도강하느라 절친했던 친구들에게 말조차 못 하고 와 늘 그들이 그립다던 혁이.

그때였다. 어디선가 나타난 하얀 왜가리가 포물선을 그리며 유유히 날아가고 있는 게 아닌가! 우아하게 날갯짓을 하는 모습이 너무나 자유로워 보였다. 좀 더 가까이 내게 다가올 줄 알았던 새가 쏜살같이 북녘 하늘을 향해 날아갔다. 허망했다.

"하늘을 나는 저 새보다 자유롭지 못한 우리 민족이 나가야 할 길은 통일! 통일뿐입니다."

내가 학창 시절 웅변대회에 나가 두 주먹을 불끈 쥐고 외치던 생각이 떠올랐다. 그때는 아무 뜻도 모른 채, 선생님이 써 준 대로 읊조렸을 뿐이다. 세월을 돌고 돌아 북녘땅을 향해 힘차게 날아가는 왜가리를 보니 그 의미가 뼛속 깊이 파고들었다. 왜가리만도 못한 우리의 현실이 가슴을 울렸다.

"너희들이 살던 땅을 가까이서 보았어. 강가에서 빨래하는 모습이 보이더라. 당장이라도 달려가 너희 이름을 대며 묻고 싶었는데 감시가 너무 심해서…. 그래도 하얀 왜가리에게 너희들 소식 일일이 전했어. 너희들 이름 한 명 한 명 부르면서…."

압록강을 다녀온 뒤, 아이들에게 사진을 보여 주며 말했다. 아이들 얼굴에는 만감이 교차했다. 아쉬움, 그리움, 서러움…. 그런데 조용히 혜산시 작은 다리에서 찍은 나의 사진을 보던 혁의 눈가가 시뻘겋게 변해갔다.

"여기가 제가 살던 동네예요…. 국경선이라 늘 중국을 바라보며 자랐거든요. 언젠가는 나도 거기에 가 봐야지. 생각 많이 했거든요. 자유롭게 여행할 수 있는 선생님이 부럽네요. 저도 대학생이 되면 반드시 갈 거예요. 멀리서라도 내가 살던 고향 땅 꼭 보고 올 거예요."

가슴에서 뭔가 쿵, 소리가 들리는 것 같았다. 미안하고 또 죄스러웠다. 보고 싶어도 갈 수 없는 아이들의 마음을 흔들어 놓은 것 같았다. 지금 저들에게 내가 하늘을 자유롭게 날던 하얀 왜가리처럼 보이는 것 같아 몸 둘 바를 몰랐다.

"사진 보니 더욱 고향에 가 보고 싶긴 한데 그래도 기분은 좋네요.

마치 내가 꿈속에 다녀온 것 같아요."

어른스럽게 말해 주는 아이들도 있어 그나마 위안이 되었다.

압록강 탐사를 다녀온 뒤, 아이들을 조금 더 깊이 이해하게 되었다. 신의주, 혜산, 만포, 양강도, 장백산, 삼지연, 연길, 용정 등 지도를 보며 지명을 들어도 쉽게 그려지지 않던 북한 땅이 한눈에 들어왔다. 이제는 아이들의 고향이 어디라는 말만 들어도 그 아이의 유년 시절이 보일 정도로 그들과 가까워지고 있다.

무엇보다 그 멀고 험한 길을 떠나 이곳, 대한민국의 작은 학교까지 오게 된 그들을 가슴으로 품을 수 있었다.

탈북 아이들의 가슴 속 이야기를 글로 표현하는 건, 쉽지 않다. 혹 또 다른 상처를 줄까 두렵다. 그러나 '낡고 허름한 교실'에서 느꼈던 절절함, 눈물, 희망을 함께 했기에. 오늘도 힘차게 전하고 있다. '탈북 청소년의 스피커'라는 이름으로. 이 외침은 통일의 그 날까지 계속될 것이다.

*지금은 낡고 허름한 교실 대신 성남에 아름다운 학교가 세워졌다. 은총이다. 하지만 새 교실 속에 앉아 공부하는 탈북 청소년들의 사연은 여전하다. 끝없는 관심이 필요한 이유다.

박경희 | 『월간문학』 수필 등단(「늘 공사중입니다」, 2000년), 『월간문학』 소설로 등단(「사루비아」, 2004년). 저서 : 『류명성 통일빵집』 『난민 소녀 리도희』 『리수려, 평양에서 온 패션 디자이너』 외 30여 권. E-mail : park3296@naver.com

폐교에 머무는 문학의 향기

김윤희

요즈음 자꾸 마음이 가는 곳이 있다. 더이상 찾아올 아이들이 없다는 이유로 문을 닫게 된 나의 모교다. 1971년, 야트막한 산등성이를 밀어 학교를 세우고 나는 그 첫 번째 입학생이 된 까닭에, '백곡중학교 폐교' 문 앞에서 더 서성거렸는지도 모르겠다. 서른아홉 번째 졸업생을 끝으로 이제 '진천 문학관'이란 이름으로 새 생명을 잇게 되었다. 또 다른 꿈과 문학의 향기를 피워낼 곳이다.

느지감치 아침을 먹고 차를 몰았다. 고향으로 향하는 길은 늘 설렌다. 백곡 저수지를 끼고 달리는 차창 밖 풍경이 한 폭의 수채화다. 길 양옆으로 흐드러지게 꽃을 피웠던 벚나무엔 연록의 잎새가 생기를 머금고 반긴다. 산 구릉 따라 저마다 농담을 달리하며 초록 물을 무덕무덕 쏟아내고 있는 풍광 속으로 빠져들다 보니 어느새 예쁘장한 집 하나가 눈에 들어온다. 내 유년이 머물던 곳이다.

주차장 입구에서 껑충 키 올려 까치집을 내주고 있는 나무가 정겹게 마중한다. 뜰로 들어서니, 하얀 벽면에 '문학의 향기가 머무는 곳' 문구가 산뜻하다. 2014년 개관하여 이제 7년 차, 유치원생처럼 강장거리고 있다. 세상 물정에 때 묻지 않아 순수하고 조용하다. 심상이 거닐 수 있는 고요가 주는 또 다른 맛이 느껴진다. 평화로움이다

삽상한 바람을 타고 어깨 위로 내려앉는 햇살이 밝고 따사롭다. 우뚝한 조회대와 잘 손질된 교정에 오도카니 앉아 독서하는 소녀상은 학교의 정취를 고스란히 담고 있다. 운동장 가에 빙 둘러 그늘을 드리는 수많은 플라타너스가 튼실하고 미더워 보인다. 이곳에 뿌리를 내린 지 마흔, 한창 가지를 뻗고 허리가 굵어지고 있다. 넓게 펼쳐진 운동장의 황톳빛 흙살, 어디 한 구석에 내 어린 날의 발자국도 숨어 있지 않을까 둘러본다.

면 단위에 처음으로 생긴 중학교다. 첫 입학식을 하던 날, 민둥산처럼 벌겋게 드러난 운동장 흙살에 꽃샘바람이 휘돌다 간다. 두 학급 130여 명의 학생이 생전 처음 교복이란 걸 입고 조회대 앞에 섰다. 왠지 모를 낯섦과 비장함이 느껴졌다.

200여 명 3학급이 넘던 졸업생 중에서 중학교 진학은 겨우 2학급이었다. 그중에 여학생은 40여 명에 불과했다. 아들은 공부를 시켜야 한다는 인식이 컸던 반면, '여자는 아는 게 많으면 팔자가 세다. 집 밖으로 돌리면 안 된다.'라는 근거 없는 이유를 들어 상급 학교 진학을 시키지 않았기 때문이다.

그 당시 면 단위에 들어선 중학교는 여성 교육의 길을 열어준 통로

였다. 나 역시 병약한 몸으로 시내에 있는 여학교를 어찌 다녔겠는가. 걸어서 10분 거리에 있던 이곳은 그래서 내게 특별했다. 늘 마음이 머무는 곳이다.

실내로 들어섰다. 리모델링 된 내부에서 풍기는 나무 냄새가 마치 그 옛날 새물내 감돌던 교실에서 맡던 냄새처럼 상큼하다. 꿈이 싹터 자랄 터전에 대한 기대와 작은 사랑이 꿈틀대던 그 설렘이 다시 인다.

1층으로 들어서면 '문학의 뜰'이 펼쳐진다. 충북 문학의 사계와 문학 연보, 문학 지도와 영상을 보며 퀴즈도 풀어볼 수 있다. 포토존에 서면 금방 동화 속의 주인공이 된다. 2층으로 오르면 '문학의 숲'이 나타난다. 단재 신채호, 홍명희, 조명희, 권구현, 정지용, 김기진, 이흡, 이무영, 조벽암, 박재륜, 정호승, 권태응, 오장환, 홍구범, 신동문 등 충북의 근현대 작고 문인 15인이 하나하나의 기둥이 되어 문학의 숲을 이루고 있다. 암울했던 시대, 정신문화의 단단한 기둥이 되어 우리 근현대문학사를 이끌어 왔음을 느낄 수 있다.

아늑하고 예쁜 소파가 그림 같이 놓여 있는 소극장도 있다. 가족 단위 또는 10여 명 안팎이 들어앉아 영상을 볼 수 있는 작은 방이다. 건물 뒤편으로 독도전시관과 문화체험실, 백곡중학교 역사관이 있다. 1970년대, 중학교 때 앉았던 책상, 걸상이 그대로 놓여 있고, 교복과 기수별 졸업 앨범들이 옛 추억에 젖어 들게 한다.

폐교가 문학관으로 재탄생 되면서 문학의 향기, 사람의 향기가 피어나고 있다. 다시 아이들의 웃음이 까르르 넘쳐난다. 웃음소리에 문학관 앞뜰에 세워져 있는 수많은 바람개비가 신바람을 내며 돈다. 걸개

시화작품도 팔랑팔랑 운율을 타며 시를 낭송하고 있다. 잘 가꿔 놓은 꽃들이 해사하다. 운동장 가에 학창 시절 우리 손으로 심어 놓은 나무들 역시 새순을 피워 물고 한창 녹빛을 더해가며 생기가 돈다. 사람이든 식물이든 사람의 목소리, 발소리로 살아가는 걸 느낀다. 북아트, 전통놀이, 시화 만들기와 다양한 주말 프로그램이 선을 보이고 있다. 아이들의 해맑은 웃음이 줄을 이어 배움의 맥을 잇는 모습이 흐뭇하다.

2019년부터는 '이야기가 있는 숲속 작은도서관'을 품어 안았다. 아이들이 꿈에 그리는, 동화 속에 나올 법한 책방이다. 다락방이 있고, 배 쭉 깔고 책과 함께 뒹굴뒹굴하며 이야기 속으로 빠져들 수 있는 분위기다. 내가 한 권의 책이 되어 책장에 들앉을 수 있는 공간도 재미있어 보인다. 창 넓은 방에서 밖을 내다보면 마음이 탁 트인다. 뜨락에는 잘 가꿔진 꽃나무와 문인들의 시어가 바람결에 솔솔 문학의 향기를 풍긴다. 언제와도 반겨주는 이가 있고, 아늑하고 평화로움을 느끼는 곳이다.

이곳에서 나는 아이들과 시를 읊고, 시화 작업을 하고 가족 문집을 만들어 내고 있다. 어설프지만, 작가라는 이름으로 이 일을 즐기는 중이다. 이곳으로 향하는 발길은 그래서 늘 설렌다. 열세 살 중학교 내 어린 날의 꿈을 만난다.

김윤희 | 『월간문학』 등단(2003년). 대표에세이문학상, 한국문협 작가상, 충북수필문학상. 한국청소년불교도서저작상, 충북예술인공로상 등 수상. 저서 : 수필집 『순간이 둥지를 틀다』『소리의 집』『사라져가는 한국의 서정』, 수필선집 『어머니의 길』 외. 한국문인협회, 한국수필가협회, 수필문우회 회원. 2020~현재 진천군립도서관 상주작가, 충북수필문학회 회장, 중부매일 · 충청시평 고정 필진. 도서관·문학관에서 수필, 인문학 강의 중.

이 또한 지나가리라

김현희

길을 걷다 담벼락에 흘려 쓴 익숙한 문장에 눈길이 머문다. 누군가 흘림체로 급히 쓴 것으로 보아 당시 본인의 마음을 이렇게라도 표현하고 싶어서였을까. 그 당시 어떤 심정이었던 것일까. 그러고 보면 누구에게나 마음을 가다듬고 위로받는 글귀가 있는가 보다. 나 또한 오래전부터 마음속에 두고 있는 글이 있다. 언젠가 책을 읽다 마주친 바로 이 문장이다. 나 역시 이 짧은 글귀 하나로 힘들 때 위로받기도 하고, 자칫 조금이나마 자만해지려 할 때 스스로 몸을 낮추는 계기가 되기도 한다.

'이 또한 지나가리라.'

내가 평소 좋아하는 이 글은 다음과 같은 유래가 있다.

이스라엘의 다윗 왕이 어느 날 궁중의 세공 기술자를 불러 "날 위해 아름다운 반지를 하나 만들되, 그 반지에 내가 전쟁에서 큰 승리를 거두어 환호할 때 교만하지 않게 하고, 내가 큰 절망에 빠져 낙심할 때 결코 좌절하지 않으며 스스로에게 용기와 희망을 줄 수 있는 글귀를 새겨 넣어라."라고 명했다. 이에 세공인은 아름다운 반지는 만들었지만, 정작 거기에 새길 글귀가 떠오르지 않아 고민 끝에 지혜롭기로 소문난 다윗의 아들 솔로몬 왕자를 찾아가 도움을 청했다. 이때 솔로몬이 세공인에게 일러준 글귀가 바로 '이 또한 지나가리라.'이었다. 왕께서 승리에 도취한 순간에 이 글을 보게 되면 자만심을 가라앉힐 수 있을 것이며, 절망 중에 이 글귀를 본다면 큰 용기를 얻게 될 것이라는 말과 함께….

참으로 지혜로움이 가득한 문장이 아닌가. 그렇다. 언젠가부터 나 또한 육체적으로나 정신적으로 힘든 일이 생기면 가슴속 깊은 곳으로부터 이 글귀를 찾아내어 조용히 읊조리기도 한다. 그뿐인가. 대체로 건강한 편이라 현재까지는 출입할 일이 별로 없지만 평소 지나칠 정도로 무서워하는 병원에 가끔 갈 일이 있을 때에도 예외는 아니다. 우습게도 각종 무시무시해 보이는 기기의 검사나 진찰을 받기 위해 대기할 때 '이 또한 지나가리라.' 마음속에 새기노라면 이 모든 것이 결국은 지나갈 일이며 흘러갈 시간들이라 생각하며 마음은 서서히 평온해진다. 지금도 이 지경인데 대수술이라도 받게 된다면 어찌할는지…. 그리고 부끄러운 고백이지만 결혼 초기에 시어머님의 이른 부재로 집안의 대소사를 맡게 되어 명절 때마다 그리고 자주 돌아오는 기제사

때마다 혼자 준비하며 힘들었던 적이 있었다. 부엌일에 어설픈 데다 아직 많지 않은 나이라 더 그랬을까. 손님들의 식사 준비와 제수 준비로 때론 눈가를 훔치며 힘들었을 때도 그 당시 희한하게 이 글을 생각하면 위로가 되었다. 반대로 정말로 기쁜 일이나 생각지도 않은 행운이 찾아와 내 기쁨이 어지러이 널을 뛸 때도 마음속으로 이 글을 다시금 새긴다. '이 또한 지나가리라.' 그와 동시에 자만심으로 채워지려는 마음자리가 서서히 제 자리를 찾아가며 스스로 몸을 낮추게 되는 것이다.

그러고 보면 수년 전 딸아이와 대만 여행을 갔을 때 소원을 적어 하늘로 날리는 풍등 체험을 한 적이 있었다. 풍등 체험은 보통 4인이 짝을 지어 커다란 풍등 4개의 면에 각기 소원을 적는데 우리는 둘이라 면이 2개씩 할당되어 원하는 글을 2개씩 쓸 수 있었던 것 같다. 딸아이는 한창 직장의 서울 발령을 기다리는 터라 빨강 풍등에 '서울 입성'과 한 가지를 더 적었고, 나는 '가족 건강'과 엉뚱하게도 이 문장을 적었던 기억이 있다. 이 여행 또한 즐겁고 하루하루가 새로운 풍광을 알아가는 기쁨이 있는 여행이지만, 어찌할 수 없이 시간은 흐를 것이니 종국에는 끝내고 일상으로 돌아가야 한다는 아쉬움의 솔직한 표현이었을까. 물론 딸아이의 소원은 곧 이루어졌고, 내 한 가지 소원은 더 두고봐야할 터이지만 이 글을 풍등에까지 적은 걸로 보아 알게 모르게 나에게 영향을 많이 주는 글임에 틀림이 없는 듯하다. 좋은 일이나 나쁜 일, 기쁨과 슬픔, 고통과 환희, 행복한 순간도 불행한 순간도 결국은 이 문장처럼 지나가는 것이기에….

요즈음 시국이 어지러워 너나없이 힘들 때이다. 그만큼 다방면으로 많은 희생을 치르고 있다. 하지만 이러한 때 우리 모두 용기를 잃지 말고 서로를 격려하고 협조하며 이 어려운 시기를 함께 견뎌 간다면 작으나마 위로가 되지 않을까. 미약한 우리 인간에게는 감당하기 힘든 너무나 어려운 사안이지만 그래도 희망이 아주 조금씩 보이는 이 시기에 하나의 소소한 문장으로나마 용기를 잃지 않길 바라며 다시금 이 글을 가슴에 품어본다.

'이 또한 지나가리라.'

김현희 | 『월간문학』 수필 등단(2004년). 저서 : 수필집 『진주 목걸이』. 대표에세이문학상 수상. 한국문인협회, 한국수필가협회, 대표에세이문학회 회원. 부산대학교 졸업. 박물관대학 수료. E-mail : hyun103@hanmail.net

죽순 요리를 먹으면서

옥치부

사계절 풍성한 식탁에서도 맹종죽 죽순 요리가 간절했다. 내 나름대로 그럴만한 까닭이 있다, 우리나라 하청河淸산 죽순 요리로 음식이 맛깔스러운 까닭이 있지만 벽을 등지고 앉으면 맞은편 벽면에 걸려 있는 묵죽도墨竹圖가 시선을 사로잡는다. 보고 있으면 댓잎이 날려 사그락거리는 듯한 환청에 젖는다. 화제畵題도 마음에 든다. 설창풍죽몽삼경雪窓風竹夢三更이란 한시漢詩 구절을 감상하면서 볼수록 내 고향의 그 대나무들이 많은 이야기를 속삭이는 듯하다. 그리고 거제 하청河淸 맹종죽 요리를 즐긴다.

눈치 빠른 음식점 주인은 내가 묵죽도를 보기 위해 자주 들른다는 것을 용케 간파해 어느 날은 뜻밖에 나름대로 배려하는 정성에 감탄했다.

"어르신, 이게 무슨 요리인지 아시는지요?" 하며 그는 특별히 나를 위해 내놓는 요리를 보는 순간 그만 목이 메는 듯했다. "이게 죽순竹

筍 요리 아니오." "알아보실 줄 알았습니다. 맞습니다. 중국산이 많지만 특별히 하청河淸에서 주문했습니다." "맞아, 맹종 죽순이네." 맹종죽을 죽순대라고 하는데 왕대나 조리대와는 생김새가 약간 다르다. 묵죽도의 소재素材가 무슨 대인지 알 바 없으나 대나무의 특징은 다 갖췄고, 말하자면 군자君子로서의 덕목을 모두 갖추었으니 내가 그 그림에서 고향을 그리워하고 그 성정을 잃지 않으려고 애쓰는 것이 결코 부질없는 생각은 아니다. 대나무는 시인 묵객의 벗이다. 이른바 사군자四君子라 해서 송松, 죽竹, 매梅, 국菊을 즐겨 그렸고 이 네 가지 식물이 갖춘 특징에 특수한 의미를 붙였다. 그 중에서도 대나무는 곧고, 푸르고, 속이 비어 있는 다른 것과도 비교해 선비들이 갖추어야 할 성정을 모두 지녔다. 지조 있고, 바르고, 변질하지 않고, 또한 속이 비어 탐욕스럽지 않은 것은 높은 도덕 수준을 요구하기에 사회 지도층이 소나무도 좋고 매화도 좋고 국화도 좋으나 대나무가 최상임을 거듭 일러 준다.

특히 거제군巨濟市 하청면이 주산지인 맹종죽孟宗竹을 맨 처음 보급 이식한 분인 소남蘇南, 신용우辛容禹님은 나의 소년 시절에 늘 우리에게 훌륭한 사람이 되라고 일러 주시던 어른으로 뵐 때마다 여러 번 가르쳐 주셨기에 더욱 친근감이 든다. 이분은 진주 농림학교의 1기 졸업생으로 고향 하청에서 새로운 영농법을 보급했으며, 삼나무(수기목)와 고구마를 보급한 거제 농업의 아버지로 선각자의 길을 걸었다. 맹종죽도 외국 산업사찰에서 죽순 세 그루를 가져와 집 앞에 시험 육모했더니 다행히 두 그루가 잘 자라 오늘의 하청면 일대가 주 생산지로 탈바

꿈한 것이다. 훗날 초대 도의원을 지냈으며 그 무렵에 이미 글로벌화할 세대 기운을 간파하셨던 분이다. 맹종죽은 중국이 원산지이다. 따뜻한 지방에서 잘 자라고 거제가 최적지이다. 전설에는 중국 삼국시대 맹종孟宗이라는 사람은 모친이 망령이 들어 "죽순이 먹고 싶다." 해서 맹종 죽순을 구하러 눈밭을 헤매며 죽순을 찾았으나 구할 재간이 없었다. 하늘을 우러러 기원하며 탄식 눈물을 쏟았더니 바로 눈물이 떨어진 그 땅바닥에서 죽순이 솟아나지 않는가! 그래서 맹종죽을 '효자죽孝子竹'이라고도 한다.

하지만 어느 지방에서는 대나무를 금기禁忌 나무로 여긴다. 그럴 법한 사례를 들면 상주喪主는 대지팡이竹杖를 거꾸로 짚어야 하는 장의 풍습과 대가야의 장군이 백제와의 전쟁에서 순국했던 장군의 이름이 죽죽竹竹이었는가 하면 삼국유사에는 김유신 장군이 댓잎 한 움큼을 훑어 조화造化를 부려 공중에 날리니 모두 군사軍士로 화신化身한 신비로운 귀신의 주력이 씌었다고 믿는 데서 유래한 설說의 영향이라 여겨진다.

그리고 친 서민적인 식물로 주방용품 수저에서부터 장바구니 상품 대자리, 소쿠리 등 다양한 공예품까지 출시되고 있다. 특히 거제도의 맹종죽 죽순은 풍미도 향긋하거니와 약재로 그 성능과 약효는 고열청제高熱淸除하고 정신안정에 뛰어날뿐더러 하늘이 감동한 효자의 정성도 깃들어졌기에 더욱 기호품으로 각광 받고 효孝의 관념이 사라지는(?) 요즘 풍요에서 '즐기는 식품'이 아닌 '받드는 식품'으로 제 몫을 다

하리라 믿는다. 또한 대나무를 지조와 정직, 청빈의 상징으로 삼는 것은 '성품이 대쪽 같다'는 것에서 충분히 알 수 있다. 곧고 바르고 사철 푸른 대의 겉모양이나 속이 비어 있는 것까지 하면 선비들이 좋아할 조건을 완벽하게 가졌다는 것에서 빈부귀천 따질 것 없는 선호 식물로 제 몫을 하리라 믿어진다.

이른바 자주 찾았던 단골집을 근래 찾았지만 시가지 재건축으로 폐업하고 어디론가 멀리 떠나고 말았다. 그 묵죽도를 볼 수 없어 허전한 마음으로 돌아섰다.

옥치부 | 『월간문학』 수필 등단(2005년). 월간 『한국국보문학』 시부문 신인상(2021년). 보건복지부 표창, 부산시장 표창상(2회), 부산 문학상 수필 대상. 가산문학회 회장 역임(7년). 동아대학교 법률학부 법학과 졸업, 법학사. 중앙약사 심의 위원. 경남 거제 출신. 수필가이자 전문한약인.

질경이

김상환(동백)

한여름 햇살에 뜨겁게 달아오른 콘크리트 틈에서 질경이가 자라고 있다. 바늘귀만큼 좁은 틈에서 어떻게 이처럼 튼실하게 자랄 수 있을까? 참으로 신기한 생각이 들어, 나도 모르게 발길을 멈추었다. 질경이는 열악한 환경에서도 잘 죽지 않아 질기고 질기다는 뜻으로 붙여진 이름이라는 것은 익히 알고 있었다. 하지만 이토록 생명력이 강한 식물인 줄은 몰랐다.

우리 어린 시절에는 질경이 잎으로 제기를 만들어서 놀았다. 질경이 잎줄기를 꺾으면 실처럼 질긴 섬유질이 나왔다. 그렇게 줄기를 깐 다음 10여 장씩 모아서 하나로 묶어 제기를 만들었다. 이처럼 강한 섬유질 덕분에 세찬 비바람과 척박한 환경에서 살아남을 수 있다.

자생식물 연구에 따르면 질경이 잎이 질기지만 다른 식물들과의 생존경쟁에는 약하기 때문에 어울려 살지 못한다고 한다. 그래서 기름진 땅으로부터 밀려나서 길가나 논둑, 밭둑에서 자란다. 밟히면 눕고 잠시 누웠다가 기어코 일어난다. 이같이 척박한 땅에서도 잘 자라기 때문에 그 질기고 질긴 생명력이 민초들의 삶에 비유되기도 한다.

질경이는 그 흔한 줄기도 없고 꽃도 보기 민망할 정도로 초라하지만, 꽃말이 '발자취'라고 한다. 삶이란 질경이처럼 저마다 의미 있는 발자취를 남기기 위해 최선을 다한다는 뜻이 아닐까 생각된다.

5, 60년대 산동네와 쪽방촌을 전전하며 힘겹게 살았던 사람들의 생활상이 바로 질경이와 같은 삶의 모습이 아닐까 싶다. 생존경쟁에서 밀려난 그들 역시 길 위에서 살길을 찾았다. 대부분 거칠고 힘든 직업이었지만, 그마저 일자리를 구하지 못하면 행상을 하거나 사람의 왕래가 빈번한 길가에 좌판을 펼쳤다. 길거리 생활이란 햇빛에는 목이 타고, 비가 오면 마음속까지 젖었으며, 추운 날씨에는 뼈까지 시렸다. 하지만 포기할 수 없는 삶이기에 질경이 같은 끈질긴 생명력으로 좌절과 고난을 딛고 일어섰다.

나의 삶 또한 이와 별반 다를 바 없었다. 지난날을 돌이켜보면 나는 길 위에서 삶의 답을 찾았다. 아무런 대책 없이 무작정 상경하여 일자리를 구할 수 없어, 호구지책으로 행상을 했다. 장사에 대한 기본 지식도 경험도 없이 갑자기 시작한 일이라 물건을 하나도 팔지 못하는 날이 많았다. 점심을 먹는 날 보다 굶은 날이 더 많았고, 물을 반찬 삼아 맨밥도 먹어 봤다. 하루를 남들 한 달보다 더 힘들게 살았다.

이처럼 질경이 같은 생명력으로 삶의 밑바닥에서 살아남기 위해 눈을 부릅뜨고 고군분투했다. 그렇게 2년 동안 열심히 모은 돈으로 내 사업을 시작했다. 3년 후 사업에 대한 자신감이 생기자 삶의 가치를 좀 더 높이고 싶은 욕심이 고개를 들었다. 남이 만들어 놓은 상품만 판매하는 것보다는 내가 직접 우수한 제품을 개발하여 보람과 가치를 함께 느끼고 싶었다.

처음 생산을 계획한 제품은 무선 전축이었다. 녹음기를 판매하면서 무선 마이크를 끼워 주었는데 소비자들의 반응이 좋아 여기서 힌트를 얻었다. 그러나 기술도 경험도 없이 아이디어 하나만 가지고 제조업을 한다는 것은 커다란 모험이었다. 전문적인 기술과 경험이 없는 탓으로 수많은 시행착오를 겪었다. 우여곡절 끝에 '지구표 무선 전축'이라는 이름으로 출시했다. 그 당시 천일사 별표 전축과 성우전자 독수리표(쉐이코) 전축이 최고의 인기를 누리고 있던 때였다. 이처럼 한창 음향기기 붐이 확산하고 있던 때라 대박이 날 줄 알았다. 그런데 브랜드의 인지도가 낮아 판로를 개척하지 못해 첫 번째 실패를 경험했다.

하지만 포기할 수 없는 삶인지라 또다시 길거리로 나섰다. 전국 이벤트 행사장을 전전하며, 질경이처럼 길 위에서 삶의 답을 찾고자 했었다. 그 과정에서 바닥 밑에 또 다른 바닥이 있고 그곳에도 등급이 있음을 알았다.

물 한 방울 없는 좁은 콘크리트 틈 사이에 뿌리를 내리고 꽃을 피우는 질경이처럼 남들이 가지 않은 틈새시장을 찾아가는 삶이었다. 그렇게 노점상을 하여 근근이 모은 돈이 800만 원이 되었다. 그것을 종잣돈으로 또다시 제조업에 도전했다.

고난과 역경으로부터 벗어날 수 있는 길은 오직 도전과 모험밖에 없다고 생각하고, 창의력을 무기로 냄비를 만들기로 했다. 개발비용을 줄이기 위해 제품의 크기는 지름이 22cm로 아주 조그맣게 만들었다. 그래도 돈이 모자라 양쪽 손잡이는 만들지 못했다. 뚜껑에는 둥근 철사를 귀걸이처럼 끼워서 손잡이를 대신했다. 원체 적은 돈으로 옹색하게 만든 제품이라 고급 주방용품들 틈에서 판매될 수 있을까 싶었다.

아침 식사도 하는 둥 마는 둥 하고, 못난 자식 선보이러 가는 심정으로 부천시에 있는 쇼핑센터로 갔다. 기도하는 마음으로 판매를 시작했다. 야외용 가스버너 불에 냄비를 올려놓고 고구마를 직접 구워서 누구나 시식할 수 있도록 하는 방법으로 사람들을 불러 모았다. "물과 기름 없이도 생선을 구울 수 있고, 높이가 일반 냄비의 절반밖에 안 되므로, 뚜껑의 복사열로 음식이 빨리 익을 뿐만 아니라, 생선이 맛있게 구워진다."라고 설명했다.

그렇게 판매를 시작하자마자 '요술 냄비가 나왔다.'라며, 날개 돋친 듯이 팔려나갔다. 절실함이 기적을 부른다더니 꿈같은 현실이 펼쳐졌다. 금형 제작비도 모자라 어렵게 생산한 둥근 냄비가 보름달처럼 떠올라 칠흑같이 어둡던 내 삶을 낮처럼 환하게 밝혀주었다. 그동안 나를 옭아매고 있던 고난의 밧줄들도 한순간에 툭! 끊어졌다.

바로 그다음 해 1997년 11월, 우리나라는 외환위기가 발생하여 IMF에 구제금융을 요청했다. 그로 인하여 수많은 기업이 문을 닫아 갑자기 직장을 잃은 사람들이 소문을 듣고 찾아왔다. 주문이 쇄도하여 주야로 생산해도 주문량을 다 맞추지 못했다. 온 나라가 경제 위기를 맞아 일자리를 잃고 실의에 빠진 사람들에게 노점상이라도 할 수 있는 길을 열어주었던 일이 내 인생에서 가장 큰 보람을 느꼈다.

김상환 | 『월간문학』 수필 부문 신인상(2006년), 『수필과 비평』 수필 당선(2006년), 『월간문학』 시조 부문 신인상(2020년). 『경북일보』 문학대전(수필 부문), KT&G복지재단 문학상(시 부문), 『매일신문』 시니어 문학상(시조 부문), 브레이크 뉴스 문학예술상(시 부문), 타고르 탄신 기념 문학상(수필 부문), 중구문예 문학상(수필 부문), 샘터사 샘터상(생활수기 부문), 『매일신문』 시니어 문학상(논픽션 부문), 대표에세이 문학상(작품집) 수상. 저서 : 수필집 『쉼표는 느낌표를 부른다』 『선인장의 가시』, 자서전 『한숨은 여유이고 눈물은 사치다』.

소유의 집

김경순

마당이 있는 집은 들풀과의 씨름으로 봄을 맞이하는 듯하다. 겨울이 끝나기 전부터 서둘러 나온 정원의 복수초 옆에도 들풀들은 슬그머니 고개를 내밀고 있었고, 마당 곳곳에도 실하지는 않았지만 돌 틈에 바짝 엎드려 숨을 고르고 있었던 것도 모르는 바 아니다. 봄볕을 쬐어서인가 이제는 버젓이 마당 여기저기 바랭이와 돌나물, 민들레, 씀바귀, 광대나물, 망초가 엄지손가락 반절만큼의 크기나 올라왔다. 어디서 날아왔을까. 들녘이라면 뜯어먹기라고 하겠지만 그럴 수도 없다. 들고나는 사람들의 발길에 밟히기도 했거니와 집을 지키는 문지기인 두 마리의 견공들의 털 때문에도 먹기는 힘들다.

지난겨울은 지독하게도 추웠다. 들풀은 땅속에 씨앗 하나 묻어 놓고 봄이 오기를 얼마나 기다렸을까. 그 바람을 알기라고 한 듯 봄볕에 저리도 우르르 키를 키우고 있으니 흐뭇하다 하겠다. 하지만 그 기쁨도 오래가지는 못할 것이다. 이미 내 손에는 호미가 들려있으니 말이다. 마당이 있는 집 주인은 겨울에도 호미를 쥐고 살아야 한다고 마을의 어르신이 예전에 해주신 말씀이 생각난다. 그래도 다행인 것은 지난겨울은 얼마나 추웠는지 풀도 보이지 않아 호미를 좀 늦게 쥔 셈이니 다행이라고 해야 할까?

사방이 트여 있는 단독주택인 우리 집은 강아지와 길고양이들의 안식처라고 해도 과언은 아니다. 작년 봄, 우리 집에 짙은 회색빛 바탕에 검은 줄무늬를 한, 새끼 고양이 한 마리가 어느 날 밤 문득 들어와 정착을 했다. 그래서 이름을 '밤이'라고 지어 줬다. 그리고 몇 달 뒤 10월의 어느 가을밤 외식을 하고 오던 우리 부부를 따라 새끼 고양이 두 마리가 우리 집으로 들어와서는 눌러앉았다. 한 마리는 검은색 바탕에 발목과 콧잔등이 하얀색으로 곰을 닮았고, 한 마리는 호랑이 무늬를 한 녀석이었다. 그래서 이름을 '곰이'와 '랑이'로 지어 주었다.

그때 만약 그 녀석들에게 밥을 챙겨 주지 않았더라면 이렇게 아프지는 않았을까? 세 녀석은 우연히도 모두 수놈이었다. 덩치가 커진 '밤이'가 올봄 발정이 났는지 다른 고양이들과 싸움을 하는 날이 많아졌고 다치고 들어오는 날도 많았다. 그래서 다치는 것도 걱정이 되고 멀리 나가 며칠을 들어오지 않는 것도 불안해 세 녀석 모두 중성화 수술을 시키기로 했다. 그것이 사달이 될 줄이야. 후회한들 무슨 소용이 있을까. 성격이 순한 '곰이'와 '랑이'는 순조롭게 중성화 수술에 성공을 했다. 그런데 덩치도 크고 겁도 많은 '밤이'를 그만 병원 앞에서 놓치고 말았다. 동물병원이 이곳이 아닌 다른 지역이었기에 충격이 컸다. 며칠 뒤 찾았지만 '밤이'는 그새 길고양이가 되어 암고양이를 따라 내 앞에서 보란 듯 사라지고 말았다. 그렇게 '밤이'를 잃고 이틀 뒤 '곰이'마저 '범백'이라는 고양이 바이러스로 잃고 말았다.

내 것이라고 생각했다. 그래서 아껴주고 보살펴 주었다. 멀리 가지 못하게, 싸우지 못하게, 내 눈앞에서 사라지지 못하게 중성화 수술을 해 주었다. 이런 내 생각과 행동들이 옳은 것이었을까. 나는 며칠을 잠도 못 자고 밥도 제대로 먹지 못했다. 그런데 지금 생각해 보니 그것 또한 나의 집착은 아니었을까 하는 생각이 든다.

법정 스님의 『무소유』라는 글 속 문구가 떠오른다. '필요에 따라 가졌던 것이 도리어 우리를 부자유하게 얽어맨다고 할 때 주객이 전도되어 우리는 가짐을 당하게 된다.' 결국 나는 고양이의 마음을 가진 것이 아니라 내 마음을 고양이에게 빼앗긴 것이었다. 이렇게 어리석을 수가 없다. 사실 따지고 보면 내 것이 될 수 없었다. 내 것이길 바라는 소유욕이 나를 아프게 한 것이었다.

내 안의 소유의 집이 얼마나 튼튼하고 컸었는지를 알 수 있었던 며칠이었다. 이제부터라도 '가짐'을 당하지 않도록 마음의 울타리를 활짝 열고 살아야겠다. 더불어 혹여 바람에 들풀 씨앗이 날아와 마당에 널브러지더라도 가끔은 눈 질끈 감아주는 아량도 키우리라.

김경순 | 『월간문학』 수필 등단. 충북여성 문학상, 대표에세이 문학상 수상. 저서 : 수필집 『달팽이 소리지르다』 『돌부리에 걸채여 본 사람은 안다』, 산문집 『애인이 되었다』. 한국 문인협회, 음성 문인협회 회원. 대표에세이문학회 회장 역임. 한국 교통대학교 문학 석사 현대소설 전공. 현) 한국 교통대학교 커뮤니티센터 글쓰기 강사. 현) 평화제작소 교육 센터 글쓰기 강의. 『충청타임즈』에서 칼럼 「시간의 문 앞에서」 연재 중. 『음성신문』에서 수필 「마음의 창」 연재 중.

나도 더불어 살고 싶지만

허해순

비둘기는 아주 끈질기고 영리하다. 내가 선전포고를 하고 공격하자 변화무쌍한 전술로 대응한다. 지형지물을 약삭빠르게 이용하고 전략도 다양하다. 청소용 밀대를 휘두르며 겁을 주는데도 동요하지 않고 제 계획대로 삶을 꾸려간다.

지금껏 살면서 비둘기랑 다투게 될지는 꿈에도 몰랐다. 싱싱한 올리브 가지를 부리에 물고 방주에 돌아왔던 영상 속 모습이나 성경에서도 예수에게 성령이 비둘기같이 내렸다고 하고, 비둘기를 형상화한 로고는 우아하거나 선한 이미지였다. 꿈도 비둘기 꿈을 꾸면 태몽이나 길몽이라고 해석한다. 학창 시절 단체 여행 때 몸을 실었던 완행 열차도 비둘기호 아니런가.

날이 조금씩 풀려가고 화분에서 새싹이 보일 즈음 서둘러 에어컨을 점검했다. 더위가 시작되면 기능에 문제가 생겨도 보름은 기다려야 고칠 수 있다는 걸 경험했기 때문이다. 실외기는 위험수당까지 지

불해야 하는 위치여서 청소조차도 엄두를 못 내는 곳에 있다. 비둘기는 그곳에서 알 두 개를 품고 있었다. 평화의 아이콘인 하얀 비둘기라니…, 코로나바이러스로 일 년이 넘게 타국에서 오도 가도 못하고 생이별을 하고 있는 딸을 생각하며 길조임이 분명하다고 그쪽으로 나 있는 창문을 가급적 열지 않고 지켜줬다.

그래도 궁금하긴 해서 실외기 뒤쪽 들창 사이로 거울 반사해서 보고 싶은 걸 꾹 참고 잿빛과 하얀색이 교대로 들락거리는 것을 실외기 앞쪽 큰 창으로 지켜보며 두세 달을 보냈다. 창문을 열어놓고 지내는 계절이었고 마침 부화한 얼루기 한 마리가 실외기에 앉아있었다. 그런데 그곳에서 어찌나 악취가 진동하는지…. 그들 가족 셋이 잭슨 폴록의 드리핑 기법으로 추상표현주의 작품을 완성하고 있는 중이었다. 다만 재료가 물감이 아니라 똥이다.

비가 세차게 내리는 날 호스로 물을 뿌리고 소독제로 닦았지만 흔적이 이만저만이 아니다. 그뿐만 아니라 그들은 절대로 떠날 생각이 없어서 나는 선전포고를 해야 했고, 실외기 위쪽 창문턱에 앉아있는 철부지 얼루기에게 물대포를 쏘기에 이르렀지만 그 녀석은 물을 맞으면서 꿈쩍도 하지 않고 저항했다. 청소용 밀대까지 동원해도 이리저리 피하며 되돌아오는데 난감하다. 비둘기 가족은 맞은편 건물 지붕 밑에 임시 거처를 마련하고 대치 중이다. 그러면서 몰래 우리 집 실외기와 그 위 창턱을 다녀가며 간을 본다. 나는 종종 창문을 열고 건너편에 있는 그들을 올려보며 기 싸움을 벌이곤 한다. 어쩌다 내가 창문에 얼굴을 들이밀면 건너편 지붕 끝 난간에 서서 "구구구…." 소리를 내며 우리 집 쪽에 있는 제짝에게 경계경보를 울린다. 후드득 제짝 곁으로 날아올라 둘이 딱 붙어서 서로 부리를 마주 대며 부딪고 쪼고 날개를 문지르며 애정 행각을 벌인다.

한동안 창문으로 인기척을 내면 실외기 안쪽에서 하얀색이 날아가고 가끔은 잿빛이 날아가고 또 함께 있다가 앞 건물로 도망친다. 정보를 검색하니 배설물에 중금속과 기생충이 있고 실외기 고장을 내고 건물을 부식시킨다며 유해 동물로 지정되었다고 해서 퇴치하려고 한밤중이나 새벽에 불시 검문을 벌이느라 잠도 설쳤다. 얼루기는 보이지 않고 금슬이 끔찍하게 좋은 부부만 끈질기게 들락거렸다. 내가 그렇게 엄포를 놓아도 멈추지를 않아 거울 반사를 통해 실외기 뒤쪽을 비춰보니 세상에나…. 알이 한 개 있었고 며칠 후에는 한 개가 더 있었다. 불시에 그렇게 단속을 했는데 그새 번식을 또 한 것이다.

비둘기 퇴치법을 검색해보면 인정사정 보지 않고 퇴치해주는 업체가 성업 중이다. 갈등이 되었지만 나도 어미인데 당분간, 새끼가 부화해서 날 수 있을 때까지 휴전을 선포하고 그쪽으로 기척을 내지 않았다. 어쩌다 창문이라도 열라치면 하얀색 어미 비둘기는 낮고 굵은 톤으로 울음소리를 내며 노려본다. 그렇게 부화한 잿빛 두 마리의 보금자리는 나뭇가지와 배설물로 범벅이 되어가고 아비 비둘기가 보이지 않을 무렵 내쫓을 궁리를 하다 주름진 고무호스를 실외기 뒤쪽에 조금씩 집어넣으며 겁을 주었다. 새끼들은 놀라서 창문으로 날아오르고 계속해서 으름장을 놓자 옆 건물로 달아난다. 어느 틈에 어미는 새끼들 곁에 날아와 있고 내가 새끼를 따라다니며 쫓으면 어미는 그들을 높은 쪽으로 유인한다. 그렇게 괴롭혀도 그들은 귀소본능이 강해서 떠날 기색 없이 그때그때 나를 피해 앞 건물 옆 건물로 날아갔다 다시 날아온다. 체력적으로나 지구력으로나 내가 백기를 들 수밖에 없다. 공작비둘기는 아니지만 우아하던 하얀 비둘기도 제 새끼들 돌보고 지키느라 나하고 신경전을 하면서 고생했는지 초췌해 보여서 같은 생명체로서 맘이 안 좋다. 그런데 아무리 생각해도 공존할 방책이 없다.

처음, 그들을 보았을 때는 그렇게도 환호하며 지켜주고 싶은 마음이었다. 관계를 달면 삼키고 쓰면 뱉는 식으로 하는 사람들을 싫어하는데 가족 건강에 위협을 느끼고 퇴치하려고 바로 돌아서는 나. 비둘기는 20년을 살 수 있고 사는 동안 배우자를 바꾸지 않는다고 한다. 전주 한옥마을 승광재 주인인 이석이 부른 '비둘기처럼 다정한 사람들이라면'으로 시작하는 가요 〈비둘기 집〉 노래가 생각난다. 일 년 가까이 투쟁하며 인간과 다름없는 모성을 지켜보면서 갈등한다. 파리나 모기에게는 눈으로 볼 수도 마음으로 느낄 수도 없는 모성을 가진 비둘기가 내 마음을 약하게 만든다. 새끼들보다 한층 위에서 지켜보다 위험을 느끼면 새끼 옆에 비행낙하하고 그 옆에서 깃털을 한껏 부풀려 앉아있다. 새끼에게 하는 생존 교육도 보호 본능도 나하고 다를 바가 없다.

모로코에서 보았던 토담 속의 수많은 구멍과 비둘기들. 그곳 페스의 천연 가죽 염색 작업장에서 비둘기 배설물 악취 때문에 박하 잎을 코에 대고 다녔다. 사육해서 식용하고 똥까지 이용하고…. 독일에서는 그들의 거주 공간을 따로 마련해준다고 한다. 내가 쫓으면 기껏 앞 건물로 피신했다 슬그머니 되돌아오는 이것들을 어쩌면 좋을까 궁리 중이다.

허해순 | 『월간문학』 수필등단(2008년). 제6회 한국문학인상 수상(수필 「맛타령」). 저서 수필집 『담장을 허무는 사람들(공저)』 『生,푸른 불빛(공저)』 외 다수. 한국문인협회, 대표에세이문학회, 미래수필문학회 회원. 전북대 사범대 졸업. E-mail : nobleher@hanmail.net

속불

허문정

봄의 기척을 느끼고 싶어 천변을 산책하는데 매캐한 연기가 코를 자극한다. 둘러보니 잔디 깎아 모아 둔 것을 태우고 있다. 아지랑이 대신 잔디 타는 연기가 먼저 피어오르는 들녘이다.

먼발치에서는 노란 미니버스가 멈추더니 아주머니들 예닐곱 명이 내려 잔디밭으로 들어간다. 한 편에서는 깎아 모아 둔 마른 잔디를 태우고, 다른 한 편에서는 잔디를 떠 팔기 위한 작업을 한다. 모처럼 마을에 활기가 돌고 정겹기까지 한 풍경이지만 나는 울화와 함께 속앓이가 시작된다.

잔디는 꽃과 나무, 집이나 건물을 돋보이게 한다. 잔디밭에서 뛰노는 아이들이나 정담을 나누는 연인, 산책하는 노부부…. 아름답고 평화롭다. 그러나 생산지의 속내는 그렇지 못하다.

주변이 온통 잔디밭인 우리 집은 제초제가 날아와 울타리로 심은 나무들이 잎이 마르고, 시도 때도 없이 태우는 잔디 연기 때문에 창문을 열지 못하는 날이 많다. 잔디를 깎는 날은 기계 소리로 귀가 먹먹하다. 잔디를 떠 팔고 종자만 남겨 둔 잔디를 깎을 때면 흙먼지가 구름처럼 인다. 잔디를 실어 나르는 덤프트럭에 길이 파이고 사고의 위험으로 아찔한 순간은 또 어쩌고.

처음 올 때는 한가하고 아늑한 마을이었는데 불과 몇 년 사이에 과수원이나 야산이 잔디밭으로 변했다. 군데군데 이마가 벗어진 산들이 볼썽사납고 논마저 황토로 메워지고 있다. 잔디 농사가 여느 농사에 비해 수월하고 목돈이 된다지만, 잔디도 일 년에 두어 번씩 깎아주고 황토도 보충해 주어야 한다. 수시로 거름은 물론 독한 제초제도 뿌린다. 마을이 변하는 게 안타깝다.

잔디 깎아 모아 둔 것은 잘 썩지를 않아서 퇴비로 활용하지 않는다. 퇴비로 만들려면 켜켜이 효소를 뿌려 발효시켜야 하는데, 태우는 게 습관이 된 노인들은 태워야만 개운하고 직성이 풀리는 모양이다. 깎은 잔디를 밭둑이나 농로 변에 무더기무더기 쌓아두었다가 마르면 태우기 시작한다. 밭 하나에서 나오는 무더기만 해도 여럿인데 밤낮 가리지 않고 태우니 곤혹스럽다.

공기 좋은 곳이라 찾아온 곳에 이런 변수가 있을 줄이야. 아파트에서 층간소음으로 분쟁이 인다면, 전원에서는 쓰레기 소각하는 일로 골머리를 앓는다. 텃밭을 가꾸다가도 연기가 나면 급히 들어와 방문을 닫는다. 산책을 하다가도 잔디를 태우면 에돌아 가든가 서둘러 그곳을 벗어난다. 숨을 참아보지만 한계가 있고 정면에서 바람이 불면

피할 재간이 없다. 관청에서는 잔디를 태우지 말라고 방송만 하지 처리해 주지 않는다. 잔디 태우는 걸 눈감아주는 눈치다. 불이 산으로 옮겨붙어 소방차가 몇 번씩 다녀가고 벌금이 만만찮지만 속수무책이다.

이웃 간에 눈살 찌푸리기도, 매번 언쟁할 수도 없는 노릇이다. 조금만 배려한다면 묘안이 있을 법도 한데, 시골 인심이라는 것이 그러려니 하며 넘어가는 것이다. 지구 온난화니 이상기온이니 말해보았자 내 입만 아프고, 연기가 건강에 해롭다는 걸 알면서도 시시콜콜 따진다며 역정을 낸다. 어쩌겠는가. 내가 거처를 옮겨 도회지로 나가거나 깊은 산속으로 들어가 자연인으로 살기 전에는 매운 연기와 숨바꼭질하며 살 수밖에 없을 것 같다.

마음을 비우고 내 안을 곰곰이 들여다본다. 풍광 좋고 공기 좋은 곳에 살고 싶은 것도 결국은 내 이기심이고 욕망이다. 농부들에게는 생업이지 않은가. 그들에겐 오히려 인상 쓰는 내가 탐탁지 않을 만하다. 획기적인 처리 방법만이 해결책인데 현재로서는 마땅한 방법이 없으니 서로가 아쉬울 뿐이다.

발길을 멈추고 잔디 타는 걸 유심히 들여다본다. 그동안 매캐한 연기를 피하느라 미처 보지 못했는데 신기하게도 잔디는 타면서 불꽃이 보이지 않는다. 연기가 피어오르지 않으면 타는 줄도 모른다. 하루고 이틀이고 혼자 뭉근히 탄다. 검게 탄 흔적은 있으나 재가 풀풀 날리지도 않는다. 조급함 없이 타고 어지간한 비에도 꺼지지 않는다. 사람으로 치면 참 무던한 사람이다. 의아해하는 나에게 잔디를 태우던 노인은 속 불이라 그렇다고 한다.

가랑잎처럼 화르르 타 없어지거나 장작처럼 활활 타오르지 못하는 잔딧불. 겉은 멀쩡하나 속은 타들어 가고 시원한 필력도 퍼포먼스도 보여주지 못하는 나를 닮았다. 남에게 싫은 소리 못하고 좋은 게 좋다고 넘어가는, 미적지근한 내 속내 같다. 동병상련으로 바라보니 짠한 마음마저 생긴다. 나처럼 잔디에게도 이루고 싶은 꿈이 있고 나무처럼 허공을 젓거나 새처럼 하늘을 날고도 싶을 터이다. 인간의 욕망에 따라 심어지고 떠내지고 태워질 뿐, 잔디에게 무슨 잘못이 있겠는가.

지금은 봄이 오는 길목, 봄은 언제나처럼 상큼하게 다가오지만 코로나19로 봄 같지 않은 봄을 맞는 마음이 심란하다. 매캐한 연기가 코를 자극하고 타는 불을 쑤석거릴 개구쟁이 하나 없는 들녘에 향불인 양, 잔디 타는 연기가 고요히 피어오른다. 나는 속 불을 다독이며 구도자처럼 천변을 걷는다.

허문정 | 『월간문학』 수필 등단(2009년), 『시와 사람』 시 등단. 저서 : 시집 『어린 애인』, 수필집 『눈썹을 밀며』. 광주문인협회, 대표에세이문학회, 시와사람 시학회 회원.

소용돌이

김진진

아침 TV 뉴스에서 독일에 100년 만의 대홍수가 일어났음을 알린다. 인접한 벨기에, 네덜란드, 룩셈부르크 등지도 극심한 물난리를 겪고 있다. 지구온난화가 심상치 않음을 실감 나게 한다. 화면을 보는 나의 마음은 놀랍긴 하지만 지극히 평온하다. 손톱 밑의 가시가 가장 아프다는 말처럼 내게 이르지 아니한 일들은 아무런 상관이 없다는 것인가. 문득 무감각이 일으키는 일상에 가끔은 소용돌이를 맞이하고 싶다는 생각이 든다.

초등학교 고학년 때의 일이다. 여름방학이 시작된 지 얼마 지나지 않아서였다. 하늘이 뚫린 듯 장맛비가 밤새도록 퍼부었다. 잠결에 "쿠르릉 쾅" 하는 거센 폭음소리에 놀라 잠시 눈을 떴다. 무슨 일인가 싶어 어리둥절하다가 까무룩 잠에 빠져들었다. 조금 있으려니 할머니의 고함이 대청을 가로질러 문살을 때렸다.

"아이쿠. 애비야! 큰일 났다. 집 넘어간다!"

여기저기 방문들이 열리고 발자국 소리와 어수선함이 동시에 집안을 가득 채웠다. 무슨 일인가 싶어 부스스 눈을 뜨고 나와 어른들 다리 사이로 대청 밖을 내다보던 나는 눈이 화등잔만 하게 커져 버렸다. 늘 내 눈앞을 가로막던 담장이 사라져 버렸다. 축대가 무너져 넓은 앞마당이 모두 사선으로 쓸려나간 채 집이 댓돌 바로 위에 간신히 걸쳐 있었다. 장대처럼 내리꽂던 비는 멈추었고 먼동이 틀 무렵이었다. 하늘은 개벽을 알리는 신호처럼 검푸른 청색이 희미하게 밝아 어느 정도 물체의 식별이 가능했다.

활강하는 스키장처럼 경사를 이루며 급격히 쓸려나간 마당 끝에서는 물소리가 거세게 들려왔다. 뒤엉킨 흙과 바위투성이 위로 불만을 가득 쏟아내는 물줄기들이 넘실거렸다. 쿨럭쿨럭 체한 듯 바튼 기침을 허옇게 쏟아내며 제 갈 길을 재촉하는 중이었다. 아랫집 사람들도 모두 나와 일제히 우리 집을 올려다보고 있었다. 사십 대 중반을 넘긴 아버지의 얼굴에는 당혹감이 뚜렷하게 내비쳤다.

새 집터를 올린 지 겨우 일곱 해를 넘기지 않았던가. 열일곱에 아비 잃고 종갓집 적통을 이은 뒤 집안의 대가족을 이끈 지 스물여덟 해째. 그동안 아버지의 자부심이 모두 녹아든 너른 저택이었다. 마을을 내려다보기 위해 터를 조금 높인 것이 화근이었다. 위아래 집 축대 사이로 흐르던 양팔 넓이의 작은 실개천이 내리쏟는 사흘 장마에 배를 불리고 넓은 앞마당을 가차 없이 쳐낼 줄 누가 알았던가. 면 화계산에서 흘러내리던 물줄기가 계곡을 돌고 돌아 마을 앞길을 타고 실핏줄처럼 흘렀다. 길상사 실개천처럼 얕은 도랑물 소리에 불과해서 베개 밑을 흐르는 자장가나 되듯 한여름 더위를 식혀주었다. 아닌 밤중에 홍두깨 격으로 식구들은 모두 놀라 얼이 빠진 듯했다.

날이 밝아오기 무섭게 아버지는 민첩하게 움직이기 시작했다. 사흘 장마도 한나절 볕이면 마른다더니 해가 떠오르자 다들 이성을 되찾고 있었다. 집안에서는 어른들이 모여 두런두런 말소리가 높았다. 누군가는 일꾼들을 부르러 가고 또 누군가는 건재상으로 달음박질쳤다. 아슬아슬한 앞마당 근처는 얼씬도 못 하고 모두들 뒷마당으로 드나들었다. 점심때가 되기도 전에 여기저기서 사람들이 나타나고 오후 들어 모래와 시멘트가 집안 곳곳에 쌓이기 시작했다. 다음날 흙을 가득 실은 트럭과 함께 축대를 쌓기에 알맞은 돌들이 우물가 옆 화단을 뭉개고 그 위로 잔뜩 부려졌다.

비가 그친 지 하루 하고도 반나절이 넘었다. 도랑물은 거의 다 빠져나가 물소리도 자근자근 기세를 낮춘 뒤였다. 어머니와 고모, 언니들이며 부엌일을 돕는 복순이 언니까지 여자들은 음식을 만들랴 새참을 준비하랴 바쁘게 돌아쳤다. 대여섯 명의 일꾼들이 돌멩이를 치우고 나르고 돌을 굴리느라 실개천 바닥이 연일 떠들썩했다. 소식을 듣고 달려온 작은할아버지와 숙부님들, 오빠와 사촌들까지 합세해서 온 집안이 장마당을 펼친 듯 날마다 북새통을 이루었다. 개울 가득 부서져 내린 벽돌과 흙을 퍼 올리느라 모두들 땀투성이가 되어 얼굴은 벌겋게 달아올랐다. 아버지는 이참에 아예 작심을 했는지 축대를 이중으로 두껍게 쌓아 올리도록 지시했다. 먼지가 집안 곳곳에 부옇게 내려앉곤 했다.

연중 내내 제사가 많은 종갓집이니 때마다 모이는 일가친척 가솔들이야 다반사였다. 내 기억에 이처럼 시끌벅적 요란스럽기는 그때가 처음이었다. 모래와 시멘트가 짓이겨지고 육중한 돌멩이를 하나씩 들어 올릴 때마다 개울 바닥에서는 장정들의 "어엿 차" 소리가 대청까지 울려 퍼졌다. 하루하루 축대가 높이를 올려감에 따라 한쪽에서는 흙을 메우고 다른 한쪽에서는 열심히 흙을 다졌다. 이삼일 지나 그 위에 다시 벽돌로 담장을 쌓는 공사가 진행되었다. 보름쯤 지나니 앞마당이 얼추 본래의 제 모습을 되찾아 갔다. 집안의 제일 연장자인 할머니 얼굴에도 그즈음에야 비로소 안도의 빛이 스쳤다.

그 뒤 며칠이 더 지나서야 뒤뜰이며 우물가의 화단도 어느 정도 치워졌다. 일꾼들과 작은할아버지, 숙부님들, 사촌들도 모두 돌아갔지만 아버지는 한동안 잠을 제대로 주무시지 못했다. 늦은 밤 시간이나 새벽에도 뒷짐을 진 채 대청 너머를 몇 번이고 서성거렸다. 어느 때는 캄캄한 마당에 홀로서서 담장 아래로 흐르는 작은 실개천을 우두커니 내려다보고 계셨다. 한 집안을 책임진 종갓집 장손의 뒷모습은 어린 내 눈에도 어딘가 쓸쓸하고 무겁게 느껴지곤 했다. 아버지가 외롭게 보인다는 생각도 조금은 했던 듯하다.

가여운 어머니는 그동안 식사 준비와 뒤치다꺼리로 녹초가 되어있었다. 입술 끝이 짓물러서 물집이 터진 채 마른 핏물이 맺혀 있었고 며칠 동안 심한 몸살로 앓아누워 버렸다. 가끔 우물곁에 뭉개져 버린 화단을 내다보곤 한창 피어오르기 시작한 풍접초와 봉선화가 다 사라졌다고 서운한 듯 중얼거렸다. 풍접초는 어머니가 가장 좋아하는 여름꽃이었다. 어머니는 그 꽃을 보면 어린 나이에 가마 타고 시집올 때 머리에 꽂던 화사한 족두리가 생각난다며 종종 웃곤 했었다. 화단 둘레를 빙 둘러섰던 회향목들도 내리 부어진 축돌의 무게에 일그러진 채 한동안 들쭉날쭉 보기가 흉했다. 어두컴컴한 새벽, 졸지에 앞마당이 모두 쓸려나갔던 무서운 광경이 지금도 선명하게 떠오르곤 한다.

독일의 물난리를 보자니 웅성거리던 옛 시절이 주마등처럼 떠오른다. 느닷없는 소용돌이가 휩쓸고 간 일촉즉발의 순간이었다. 너나없이 모두가 혼연일체 구슬땀을 흘리던 그때의 모습들이 그리워진다. 할머니와 어머니를 비롯하여 당시의 어른들은 모두 세상을 떠났다. 올해 97세를 맞이한 아버지만이 홀로 남아 집안의 상어른이 되셨다. 이제는 그 아래 장년들과 그의 식솔들이 환한 앞날을 이어가기를 고대해 본다.

김진진 | 『월간문학』 수필 등단(2011년). 동서문학상, 대표에세이문학상, 경북일보 문학대전, 제16회 원종린수필문학상 작품상, 환경부장관상패 전국여성환경백일장 장원 등 수상. 저서 : 소설 『오래된 기억』, 수필집 『어느 하루, 꼭두서니 빛』, 『나에게로 온 날들(공저)』 『나는 ㅁ이다(공저)』 『生, 푸른 불빛(공저)』 외 다수. 가곡 〈그대와 나〉 〈그대의 뒷모습〉 작시. 한국문인협회, 대표에세이문학회 회원.

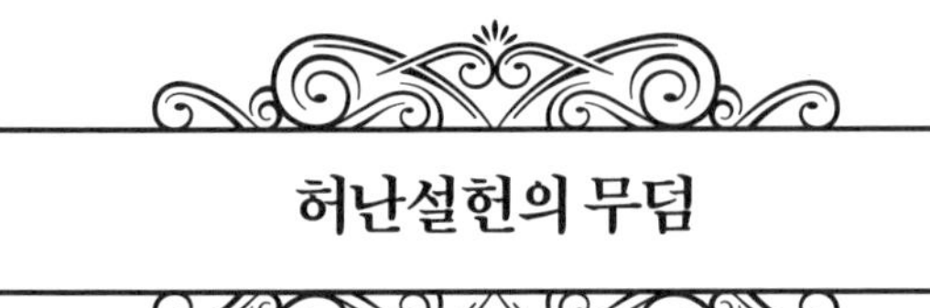

허난설헌의 무덤

원수연

그러나 그렇기 때문에 당신은 지월리로 오시기 바랍니다. 어린 남매의 무덤 앞에 냉수를 떠 놓고 소지 올려 넋을 부르며 "밤마다 사이좋게 손잡고 놀아라."라고 당부하던 허초희 음성이 시비에 각인되어 있습니다. 중부고속도로를 질주하는 자동차의 소음이 쉴 새 없이 귓전을 할퀴고 지나가는 가파른 언덕에 지금은 그녀가 그토록 가슴 아파했던 두 아이의 무덤을 옆에서 지키고 있습니다. 정승 아들 옆에 거두지도 못하고, 남편과 함께 묻히지도 못한 채 자욱한 아침 안개 속에 앉아 있습니다. 열락悅樂은 그 기쁨을 타버린 재로 남기고 비극은 그 아픔을 정직한 진실로 이끌어준다던 당신은 이곳 지월리에서 지켜야 합니다.

몇 해 전 신영복 교수의 「허난설헌의 무덤」 글을 접하고 허초희를 가슴에 끌어안고 두 달을 보냈습니다. 안개가 자욱한 귓전을 할퀴는 중부고속도로에 있는 그의 무덤을 찾아가고 싶어 병이 날 지경이었습니다. 지금 나는 신영복 교수의 『나무야 나무야』라는 책을 들고 있습니다. 그 글이 여기에 실려 있는 줄 이제야 알았습니다. 비록 제대로 된 수필을 못 쓴다 한들 어떠하겠습니까. 시공을 초월해 이렇게 우리가 사랑할 수 있는 옛사람들을 알아간다는 것만도 행복합니다. 허초희의 무덤을 못 찾아가 두 달을 가슴앓이 했듯이 적어도 두 달은 행복할 것 같습니다. 강원도 강릉에 있는 허난설헌의 생가를 찾았을 때도, 난설헌이란 소설을 읽었을 때 보다 나는 이 글을 읽었을 때가 허초희의 27살 짧은 생애가 더욱더 왜 마음에 와닿는지는 알 수 없습니다. 그것은 각자의 마음일 것이라고 생각합니다. 언젠가 안개 자욱한 중부고속도로를 달리고 있을 나를 생각할 뿐입니다.

원수연 | 『월간문학』 등단(2012년). 대표에세이문학상, 제6회 부천신인문학상, 동서문학상 수상. 한국문인협회, 한국문인협회 부천지부, 대표에세이문학회 회원.

더러는 포기가 아름다울 때도 있다

전영구

사랑해! 원하는 거 있으면 말해, 다 해줄게! 평생 들어도 질리지 않는 말 중에서 특히 여자라면 언제나 듣고 싶은 최고의 표현일 것이다. 매일 밥 먹듯이 달콤한 말만 들으며 기쁨 속에 살 수 있다면 얼마나 좋을까 싶지만 영화 속 주인공이라면 몰라도 보통의 삶을 살고 있는 사람들이 매번 만족을 느낀다는 것은 그만큼의 노력도 필요한 일이다. 한번 주어진 삶을 풍요로움 속에서 사랑만 받으며 살고 싶은 게 인간의 욕망이다. 사랑 없이는 사는 의미를 찾을 수 없어 누구의 가르침 없이도 사랑을 이루기 위해 눈에 콩깍지가 씌었다는 표현이 어울릴 만큼 타오르는 감정을 교감하는 데 아낌이 없다. 앞으로 펼쳐질 삶의 항로가 어느 길에 들어설지도 모른 채 누구의 조언도 무시하고 사랑에 빠지게 된다.

서로가 간절히 원해 선택했고 마음속에 품고 있던 행복이라는 꽃길을 걸으며 우아한 자태로 여성의 품격에 맞는 대우를 받으며 살아가는 자신을 그려본다. 사랑에 빠져있을 때는 뭐든 최고로 느꼈던 것들이 시간이 흐를수록 허상이었음을 알기까지는 그리 긴 시간이 걸리지 않았다. 권태기라는 기간에 다다르자 우선 말투부터가 달라진다. 툭하면 반찬 투정에 아줌마 패션에 대한 지적은 거의 모욕감을 느끼게 한다. 그래도 이기적인 생각만 앞세워 타협의 출구를 찾지 못할 때도 대부분은 자신의 고집을 꺾어주는 대신 약간의 보상을 기다려 보기도 했다. 사소한 일들이지만 서운함을 감추기 위해, 당신만 사랑한다는 한마디를 듣기 위해 자존심까지 접어야 할 때도 있다. 사람의 성격이 하루아침에 변한다는 건 희박하지만 '아직은'이라는 기대를 배려에 섞어 내세워도 본다. 물론 상대는 전혀 모르는 회심의 카드로 애교와 협박을 잘 섞어 사용해 본다. 살아가는 동안 단 한 번이라도 최고의 사랑짓을 누리지 못한 사람이라면 평생 동행이라는 숙명 앞에 지나온 세월을 지워도 보고 다시 한번 반전을 꿈꾸지만 오히려 배후자의 일방통행적인 성격에 믿음만 더 흔들린다.

콘크리트 벽처럼 두드려도 변화의 의지가 없는 일상을 살다 보면 오히려 작은 변화에도 의구심을 갖게 한다. 설령 가뭄에 콩 나듯이 한 아름 선물을 사와도 기쁘기보다는 무슨 잘못을 저질러서 이해를 구하려고 저러나 싶어 불안하기까지 하다. 이쯤 되면 중년기에 들어선 많은 남자는 눈치껏 협상의 카드를 꺼내야 하는데도 결국은 아내의 신뢰를 얻기에 실패하는 경우가 많아 늦은 나이에 찬밥 신세를 면치 못했다는 푸념을 종종 하게 된다. 진실 없는 몸짓이나 표현으로 자신의 감정이 전달되기를 바라는 속 보이는 짓은 이미 밑천이 다 드러나 버린 것이다. 이쯤 되면 '참아온 아내는 자식 때문에….' '살아 온 시간이 아까워서….' '아직도 혹시나 하는 마음에….' 하던 자존심에 스스로 상처를 내기 싫은 이중적 잣대를 감추기 위한 포기라는 배수진을 치고 혼자 가슴을 치는 속병마저도 다스릴 줄 아는 달인의 경지에 이르게 된다.

세월이 약이라는 말이 있듯이 서로의 편함을 추구하는 데에는 포기라는 묘수가 있다. 자존감을 누르고 웬만한 실수쯤은 너그럽게 탕감을 해주는 것이다. 굳이 안 되는 것을 바라고 얻으려는 억지보다는 한발 뒤로 물러서서 마음을 비운다는 의미로 볼 때 포기는 신의 한 수가 될 수도 있고 서로를 돌아 볼 수 있는 여유를 가진다는 의미에서 보면 포기가 아름다울 때도 있다. 베란다에 서서 식솔들 눈치를 보며 헛기침을 하는 초라한 모습을 바라기보다는 겉은 당당해 보이지만 속으로는 이미 백기를 들고 당신만을 사랑한다는 눈빛을 보이며 다가오는 꿈이라도 꾸는 행복을 느껴보는 것은 어떨까. 늘 잘해주면 고마움을 덜 느끼지만 포기를 하고 있는데 어쩌다 건네 온 단비 같은 표현은 행복을 느끼기에 충분하다. 뒤끝 없는 포기가 사랑의 또 다른 시작이 될 것이라는 소박한 기대를 놓지 말아야 할 이유가 되기 때문이다.

전영구 | 『문학시대』 등단(2003년), 『월간문학』 등단(2013년). 한국수필 작가상, 수원 문학인상, 백봉문학상, 경기 시인상, 경기 한국수필 작품상 수상. 저서 : 시집 『후에』 외 5권, 수필집 『이따금』 외 1권. 사) 한국문인협회 감사 역임. 사) 한국수필가협회, 수원 문인협회, 가톨릭 문인회, 대표에세이 회원. 경기 시인협회 이사, 경기 한국수필가협회 부회장, 수원시인협회 이사. 충남 아산 출생.

김장

김기자

마당에 배추가 작은 산처럼 쌓였다. 내 눈에는 커다란 녹색 꽃송이들이 가득한 것처럼 보인다. 어느 야산 가까운 밭에서 곱게 자란 탓인지 마른 낙엽과 솔잎마저 간간하게 묻어와 있다. 늦여름과 초가을에 걸쳐서 태양과 바람이 흠뻑 자라도록 했을 터, 내게로 오기까지의 많은 노고가 짐작된다. 아마도 농부는 배추를 자식처럼 길렀으리라.

이제 손질에 들어간다. 포기를 반으로 가르니 노랗게 들어찬 속이 꽃잎과 흡사하다. 푸른 겉잎을 적당히 여민 모습에서 알싸한 맛이 절로 묻어난다. 이렇게 조화로움 속에서 하나의 결정체가 완성되고 유익한 먹거리로 변신한다는 것이 생각할수록 신기하다. 조심조심 다듬으며 음식의 기능에서부터 우리 삶과 밀접한 끈까지 떠오른다.

소금물에 적셔진 배추가 의식을 치르고 있다. 시간이 지나자 그동안 굳세게 쳐들고 있던 이파리들이 조금씩 고개를 수그린다. 때로는 하늘을 향해 혈기를 한없이 이어가던 목소리가 작아지듯 소금물 속으로 자꾸만 잠겨 들고 있다. 이때를 놓칠세라 연신 배추를 뒤척이며 또 다른 안도감에 젖어 든다. 패배가 아닌 유순한 길로 접어드는 형상이다. 스스로 흡족한 기분이랄까, 다음 단계를 준비하는 손길이 바빠지고 있다.

그동안 숨이 죽은 배추들이 아무런 저항을 하지 않는다. 적절한 시기에 소금물을 씻어내기 시작한다. 알몸을 고스란히 드러낸 배추는 다음 의식이 치러지도록 얌전하게 기다리고들 있다. 갓난아이의 엉덩이 같은 뽀얀 모습조차 그저 사랑스럽다. 한동안 왁자했던 과정을 끝낸 자리에는 갖은양념이 배추와 섞이기를 위해 준비된 상태다. 설레듯 어떤 맛이 나타날지 조심스럽기에 기도하는 마음을 갖는다.

시끌벅적 사방에서 모였다. 한 해의 큰 행사라고 해도 과언이 아닐 만큼 여러 손길을 필요로 하고 있다. 식당을 하는 막내가 안타까워서인지 언니들이 먼 곳에서 단 걸음으로 오셨기에 분위기는 잔칫집이다. 행복한 수다가 김장의 맛을 더해만 간다. 이런 기회가 어디 또 있으랴. 돌아보니 꽤 많은 식구가 모인 가운데 주장인 나로서는 고기 삶고 두루 챙겨야 할 일들로 분주하다. 전혀 힘들다고 여겨지지 않음은 왜일까.

절정에 이른 김장을 바라보노라니 부자가 따로 없다. 한동안은 걱정을 안 해도 될 듯싶다. 버릴 수 없는 맛, 우리 고유의 김치가 얼마나 중요한지 김장을 할 때마다 새삼 깨닫는다. 그러나 한편으로는 아쉽다. 요즘은 김치냉장고에 대부분 보관을 하는 상태여서 그 옛날의 맛과는 차이가 있기 때문이다. 내가 어릴 때는 부엌 뒤란에 항아리를 묻고서 김치를 보관했었는데 볏집을 두른 움막 같은 공간이 꽤나 아늑했던 기억으로 남아있다. 그곳에서 갓 꺼낸 김치의 맛을 어찌 말로 다 표현해내랴.

하루의 일과가 끝나고 모든 것이 정리되었다. 이제 익어가는 일만 남은 가운데 맛의 결정은 시간에 맡길 일이다. 신중하게 준비를 했어도 어느 한 부분 모자라는 부분이 있다면 기대에 못 미칠지도 모른다. 항상 김장은 이렇게 조심스럽기가 그만이지만 그래도 연중행사를 그칠 수 없는 나만의 소신이기에 지금껏 최선을 다하고 있다. 덕분에 도와주는 형제들의 화기애애함도 김장의 맛을 더해주는 것 같다.

시선이 달라졌다. 김장을 하다가 먹거리라기보다 인생의 한 단면이 떠오르는 거였다. 젊은 날 서슬 퍼렇게 부부싸움에서 지지 않으려 했을 때의 내 모습이 스쳐 지나고 있어서다. 단풍 들고 낙엽 되는 가을의 문턱에 앉은 기분이 이런 걸까. 하지만 덧없음이 아니라고 말하고 싶다. 소금물에 적셔지듯 인생의 부분 부분이 맛 드는 길로 접어든 시간이기 때문이다. 갖가지 양념을 버무려 놓은 과정처럼 삶의 질고가 변화되고 거듭나기 위해 숙성으로 가는 중이니 이 얼마나 다행스러운 순간이란 말인가.

그뿐이 아니었다. 둘러보니 식솔들이 늘어난 기쁨마저 더하고 있다. 어느새 며느리는 준비해서 들고 온 김치 통에 제 몫을 담느라 신중하다. 보는 즐거움도 그치지 않는다. 고사리 같은 손녀들도 뭐가 그리 신나는지 주변을 서성이며 고개를 기웃거리는 모습에서조차 행복이 묻어나고 있다. 그야말로 아이 어른 할 것 없이 들썩이는 풍경은 거대할 만큼 즐거움의 광장이다. 모든 일이 수월하진 않았지만 그래도 이런 행사가 얼마나 중요한지 새삼 깨닫는다.

내 경우 김장은 이렇게 큰 연례행사로 자리 잡은 지 오래다. 사람들은 말하기를 웬만하면 절임 배추를 사서 하라고 한다. 그렇지만 그러기가 싫다. 힘은 들어도 한 포기 한 포기 신중하게 다루면서 절이고 씻고 맛을 내는 일이 아직까지는 먹거리에 대한 최선의 선택이기 때문이다. 거기에다 양념까지 더 해서 깊은 맛에 접어들 때면 우리 고유의 음식에 대한 찬사도 끝날 줄을 모른다. 밥상 위에서 절대적인 우위를 차지하는 김치, 아마 나는 감각이 사라지지 않을 때까지 손수 만들어 먹을 것 같다는 의지가 생겨나고 있다.

노랫말의 한 소절이 머릿속을 파고든다. 우리는 늙어가는 것이 아니라 익어가는 것이라 했다. 나도 지금 그 길을 가고 있다. 아니 그리되려고 노력하는 중이라 해도 과언이 아니다. 모든 것이 원만할 수는 없다 해도 인생이 김치의 과정처럼 스스로를 숨죽이며 맛깔스럽게 익어가야 한다고 거듭 되뇐다. 먼저 내 안의 평화를 위해서다. 이리 보고 저리 보아도 모나지 않은 사람, 안과 밖이 속 깊은 맛을 내는 김치처럼 그런 삶이 된다면 후회가 작아질 듯싶다. 입안을 톡 쏘듯 개운한 맛, 숨 쉬고 있는 김치를 한 포기 꺼내어 맛의 세계에 취한다.

김기자 | 『월간문학』 등단(2013년). 대표에세이 문학상 수상. 저서 : 수필집 『초록 껍데기』. 한국문인협회, 대표에세이문학회 회원. 충주 거주.

감정 상자

김영곤

물류센터에 가면 상자들이 살고 있다. 누군가의 선택을 받았거나 받게 될 상자들이 거대한 숲을 이루고 있다. 상자들은 매일 어디론가 떠나지만 금세 새로운 것들로 빼곡히 무성해진다.

물류센터에는 상자가 주격이다. 모든 시스템이 상자를 중심으로 움직인다.

본업을 접고 물류센터에서 일하기 시작한 지 벌써 18개월에 접어든다. 생애 처음으로 경험하는 상자의 세계다. 내가 하는 주 업무는 상자를 지역별로 분류하여 팔레트에 높이 적재하는 일이다. 정사각형의 묵직하고 납작한 팔레트를 바닥에 깔아놓고는 그 위에 상자들을 차곡차곡 쌓아나가는 것이다.

쌓는 일이 단순하고 쉬울 것 같지만 생각보다 까다롭다. 대형 트럭에 들어갈 만큼의 높이까지 상자들을 쌓아야 한다. 적어도 2미터 높이

여야 하므로 대충 쌓다가는 빈틈이 너무 많아지거나 균형이 맞지 않아 무너지기 십상이다.

취향이 같은 상자만 존재한다면 아무런 문제가 되지 않는다. 다양한 부피와 무게를 가진 상자들이 수많은 사연들을 품에 안은 채 우후죽순으로 빠르게 몰려온다. 우린 그토록 입맛 까다로운 상자들의 송장을 일일이 하나씩 읽으며 그들이 도착해야 할 지역 팔레트에 신속 정확하게 쌓아야 하는 것이다.

우리의 삶에도 들쭉날쭉한 취향을 가진 상자들을 동일한 팔레트 위에 높이 쌓아야 할 때가 많다. 내 마음의 팔레트에 하루에도 얼마나 많은 감정의 상자들이 쌓이는가. 아무렇게나 쌓아놓다가 한번 와르르 무너지면 흉터 자국이 오래 남거나 돌이킬 수 없이 파손되고 만다.

무거운 것을 아래로 내려놓는 것이 가장 기본이다. 가벼운 것 위에 무거운 것이 군림한다면 어떤 삶이 펼쳐질 것인가. 아래에서는 엄청난 압박감을 느낄 수밖에 없다. 그 존재감만으로도 압도적인 두려움을 유발하는 강력한 힘이 위에서 아래로 화살처럼 내리 꽂히는 순간, 가벼운 존재들은 일제히 과녁이 된다.

한번 뚫려버린 생활은 쉽게 메꿔지지 않는다. 한번 구겨져 버린 흉터는 쉽게 펴지지 않는다. 한번 터져버린 틈새는 테이프로 메꾸어도 그 흔적은 지워지지 않는다. 상자가 온전한 몸과 정신으로 목적지에 닿아야 아름답지 않겠는가. 그러나 신은 우리 인간들에 대하여 수두룩한 상처들을 쌓고 쌓아서 만들어 내는 절벽 같은 아름다움을 심히 보기 좋았더라 감탄하는 취향이신 것 같다.

지난 2020년 2월 29일, 코로나19 1차 대유행의 정점을 찍던 날, 나의 모든 스케줄이 무쇠 덩어리 같은 화살에 꽂혔다. 봄꽃처럼 만발했던 공연 스케줄이 순식간에 취소되어 생활이 줄줄 새어나갔던 것이다. 아내조차 다문화가정 방문 수업이 잠정 중지되었다. 도무지 믿을 수가 없었다.

내가 이렇게 가벼운 존재였던가.

상자 속에 갇힌 기분이었다. 사면초가. 이게 정말 현실이란 말인가. 멀쩡했던 바깥 일상이 신음조차 낼 틈도 없이 갑자기 상자 속으로 닫혀버렸다.

잔뜩 구겨진 얼굴로 아르바이트를 수소문하기 시작했다. 거의 유일하게 나를 맞아준 곳이 바로 물류센터였다. 거기에는 내 마음 꼴과 닮은 상자들이 기다렸다는 듯이 반겨주었다.

우연인지 필연인지 우린 만났다. 마치 오랫동안 알고 지내던 사이처럼 우린 순간순간 서로 각각의 취향과 목적지를 눈빛으로 공유해나갔다. 서로의 성향에 맞추어 너와 나를 일으켜 세우거나 편안하게 눕힌다. 상자와 상자 사이, 상자와 나 사이의 틈새가 메꿔질 때마다 나의 하루는 무사히 쌓여간다.

하루마다 몇 차례는 많은 상자들이 감정이 폭발한 듯 한꺼번에 쏟아져나오기도 한다. 그럴수록 포기하지 않고 빠른 발걸음으로 다가가

서 덥썩 마음을 포갠다. 그런데 문제가 발생한다. 속전속결로 쌓아나가야 하기 때문에 무거운 것과 가벼운 것이 서로 뒤죽박죽 엉켜버리는 것이다. 어쩔 수 없이 가벼운 것이 아래쪽에 놓이게 되는 위기가 빈번해진다.

가벼운 것들이 갑자기 무거워질 수는 없다. 나는 이미 바닥에 위치해 있다. 그렇다고 내 존재의 가벼움을 피할 수는 없지 않은가. 그렇다. 지금이다. 지금 이 순간이야말로 상자 속의 상자 속의 상자 속에 깊이 감춰져 있던 잠재 능력을 터트리는 각성의 기회다.

가벼운 것은 가벼운 것끼리 뭉치면 된다. 가벼운 상자 위에는 가벼운 상자를 계속 쌓아 올리면 되는 것이다. 서로의 무게를 잘 지탱해주는 것은 각진 모서리의 힘이다. 더 이상 갈 곳이 없는 막다른 길을 만났을 때 우린 비로소 뒤돌아서게 된다. 그리고 한없이 가벼워진 날개로 도약하며 비상하게 된다. 삶의 모서리가 그 출발점이다.

김영곤 | 『월간문학』 수필 등단(2014년). 계간 『포지션』에서 시집 『둥근 바깥』을 상재하면서 등단(2018년). 배재문학상 수상. 저서 : 수필집 『밤이 별빛에 마음을 쬔다』, 논문집 『최문자 시에 나타난 여성성연구』. 문학석사. E-mail : prin789@hanmail.net

낙타의 눈물

김정순

'낙타를 어루만지며 노래 부르는 저 여자, 그 여자 아냐?' 티브이 화면을 돌리다 말고 바싹 다가앉는다. 새끼를 밀어내는 낙타를 다시 만나다니? 이어령 선생의 『지성에서 영성으로』란 책에 나오는 낙타 이야기다. 눈물 흘리는 낙타가 강하게 부딪혀와 책을 더 읽지 못했었다. 흥분을 누르며 화면을 뒤쫓는다.

쉰 안팎의 여자가 손으로 낙타를 어루만지며 노래 부른다. 낙타는 눈을 껌벅이며 허공을 응시하고 있다. 여자와 나이가 엇비슷해 보이는 남자가 여자의 노래에 맞춰 마두금을 연주한다. 대여섯 명의 사람이 앉아서 낙타를 지켜보고 있다.

태초부터 우주엔 음악이 있었던 게 아닐까. 영혼을 뒤흔드는 저 소리, 천상에서 흘러나오는 소리 아닌가. 깊고 오묘한 두 소리가 마음에 스며들자 가슴이 젖어온다. 낙타는 여전히 표정이 없다. 여자와 마두금이 울지 못하는 낙타를 대신해 설움을 토해내고 있다.

사람들이 새끼낙타를 어미 품속으로 밀어 넣는다. 새끼는 어미 가슴이 불편한지 품에서 빠져나와 겉돈다. 여자의 목소리가 정점을 향해 달린다. 남자도 마두금에 혼을 실어 넣는다. 반응이 없던 낙타의 큰 눈에 물기가 돈다. 새끼가 어미 품 안으로 머리를 들이밀며 가슴을 더듬는다. 낙타의 눈에 눈물이 가득 고이더니 "뚝" 떨어진다. 이어 "쭉" 젖 빠는 소리가 난다. 새끼가 먹는 저 젖, 어미의 눈물 아닌가. 주책없이 눈물이 자꾸 나온다.

사막에서 견뎠을 낙타의 삶이 그려진다. 낙타의 넋두리가 들리는 듯하다.

오죽했으면 어미가 제 새끼를 내치겠는가. 연일 몰아치는 모래바람 속에서도 등을 내줬다. 명을 거역한 적도 없다. 이젠 견뎌낼 기력이 없다. 몸뚱이 뉠 자리밖에 안 보인다. 쉬게 해다오. 주인의 소리도 들리는 것 같다. 그래. 힘들었구나, 미안하다. 내 삶이 곤고하다 보니 네 지친 몸을 알아보지 못했구나. '살자. 다시 일어서자.' 낙타의 눈물이 말하는 것 같다.

딸의 병이 현대 의술로는 고칠 수 없다는 걸 안 뒤 눈물샘이 터졌다. 한번 터진 눈물은 때와 장소를 가리지 않고 나와 나를 민망하게 하곤 했다. 눈물은 사람들에게 보이지 않으려고 할수록, 억누를수록 더 솟아났다. 내 안에 이런 깊은 샘이 있었나 싶었다.

다섯 살 외손자가 뇌종양 수술을 받았다. 이 고비만 넘으면 되리라는 희망으로 연이어 수술을 받았다. 살리려고 한 수술에 어린 것이 쓰러졌다. 북받쳐 오르는 눈물을 삼키고 삼키는 게 내가 할 수 있는 전부였다. 딸 앞에선 울면 안 되니까. 쌓인 눈물에 눈물 구멍이 막혀버린 걸까. 언제부턴가 마르지 않을 것 같던 눈물이 나오지 않았다. 손주가 하늘나라에 가던 날도 내 눈은 맹숭맹숭하기만 했다. 가슴을 치며 우는 이들을 봐도 아무런 느낌이 없었다. 통증을 느끼지 못하는 내가 무서웠다. 무언가 묵직한 게 숨통을 짓눌렀다. 울고 나면 후련했는데. 울고 싶었다. 감정이라는 게 마음대로 되던가. 다시 눈물을 찾기까지는 많은 날이 걸렸다. 그것은 내 의지와 무관하게 이뤄졌다.

어느 날 엎드려 있는 나를 누군가가 안아주는 것 같은 느낌이 들었다. 순간 눈물샘이 터졌던 그 날처럼 눈물이 강을 이루었다.

새끼를 발로 밀어내던 낙타가 바로 나였구나, 퍼뜩 생각이 든 건 낙타 영상이 막을 내린 뒤였다. 낙타 이야기가 심연을 뒤흔든 이유도 깨달아졌다. 그건 내 안의 슬픔이 낙타의 눈물에 공명을 일으킨 거였다.

몽골 사람들은 어미 낙타가 새끼를 발로 밀어내면 그 낙타에게 마을에서 가장 연장자인 할머니의 노래를 마두금에 맞춰 들려준다. 그들은 왜 할머니를 불러 노래하게 했을까. 순수한 어린 영혼과 빛나는 청춘을 두고 말이다. 화면 속 여자는 상상했던 이보다 젊었다. 그녀는 어미다. 온갖 풍파를 다 겪은 어미다. 낙타도 곤고한 날들을 견뎌낸 어미다. 같은 노래라도 누가 부르느냐에 따라 울림이 다르지 않던가. 호된 시련을 거친 사람의 노래는 절절하여 듣는 이의 가슴을 먹먹하게 한다. 그들은 알았다. 할머니의 노래 속엔 오랜 인고와 산고가 묻어 나온다는 것을, 같은 아픔은 같은 아픔을 낫게 한다는 것을. 그걸 활용해 낙타의 가슴 밑바닥에 있는 눈물을 끌어올렸던 거다. 동병상련의 아픔을 낙타에게까지 적용하는 지혜를 그들은 어디에서 배웠을까. 역경은 인간을 피폐하게 하지만 현명하게도 하는구나. 그들의 지혜에 감탄하며 깨닫는다.

살다 보면 끝날 것 같지 않은 터널을 지나기도 하고 천둥 벼락을 만나기도 한다. 노래 부르던 몽골 여자나, 어미 낙타나, 나나 그것을 피할 수는 없다. 그래도 울 수 있고, 노래 부를 수 있으니 얼마나 고마운가.

지금도 어딘가엔 새끼를 발로 밀어내는 낙타가 있을 거다. 신이 나를 고통 속에 넣으신 건 그들을 생각하며 마두금 소리를 내라는 뜻이 아닐까. 눈물 흘리던 낙타를 떠올리며 서툴지만 마두금 소리를 내본다.

김정순 | 『월간문학』 등단 (2015년). 한국문인협회. 대표에세이 회원. E-mail : soon550928@hanmail.net

표현

강창욱

어릴 적에는 현실 반 공상 반으로 살았다. 나이가 들고 바쁜 세상에 말리면서 공상은 멀어지고 소설이나 영화에 의존하여 일종의 대리 만족이랄까 현실도피라고 해도 될 것이다. 이차대전과 한국전쟁 후 한국이 어려움과 싸우며 가족을 먹여 살리려는 부모님, 텃밭 거름 얻으러 다니는 형들이 힘들어하는 것을 기억한다. 그런 상황에서 헤어날 길이 보이지 않았다. 십 대 초의 나에게는 현실의 문제를 직시하거나 해결해야 할 의무가 없었다. 잔심부름만 하면 되었다. 나에게 허용된 특권이었다. 공상할 자료도 충분했다. 누구도 말리지 못했다. 형편이 조금씩 풀려 대학까지 갈 수 있었고, 꿈에서만 상상하든 미국 땅에 오게 되어 맡은 일을 꼬박꼬박하며 가정도 이루고 착한 아이들도 무럭무럭 자라난 덕택에 무심코 살아왔다. 그 어려웠던 시절은 망각 속으로 점점 묻혀 가고 있었다. 현실에서는 하루하루 책임을 시행하며 현실에 적응하기에 여념이 없이 살아왔다. 우리를 소스라치게 하는 것이 많다는 것도 알게 되었다.

미주 서부에 여행할 기회에 말로만 들었던 그랜드 캐니언에 가게 되었다. 그곳에 도착하여 버스에서 내려 우물쭈물 동행들을 따라가다가 사람들의 환호 소리 "저것 봐! 와!" 하는 소리에 나는 유치원 아이들이 원족(소풍) 가서 소리 지르는 것쯤으로 여기며 지나가려다가 행여 하는 마음으로 사람들을 헤치고 무엇인가 하고 들여다보려고 했다. 내 눈앞에 갑자기 펼쳐진 장관, 어떻게 표현을 해야 할지 몰랐다. 나도 모르는 사이에 소리를 질렀다. 그 깊이와 넓이 또 하늘과 닫는 지평들이 잠시 나를 멈추게 하였다. 예술 작품처럼 꾸며진 절벽들은 사진으로 본 것과는 너무도 달랐다. 아마 육안으로 보는 초점의 현실적 심도 때문이었을 것이다. 웅장하다. 아름답다. 기묘하다. 놀랍다. 표현하기 어려웠다. 그런 장관을 보거나 상상한 적이 없었다. 사진이 상상할 자료였다면 그것은 실패다. 내가 거기에 함께 있다는 현실은 너무도 공상이나 상상을 초월하였다. 공기까지 맑아 한없이 먼 지평선을 어떻게 표현해야 할지 몰랐다. 하늘 또한 너무도 높아 보였다.

이 느낌을 어디에 담아 가야 할 것 같은 충동은 왜 일어났을까? 누구에게 전하든지 온 세상에 선포하여야 할 것만 같았다. 내가 아는 형용사로써 한국어나 영어로써 또 조금씩 배운 독일어나 불어로써도 표현할 수 없었다. 나는 그것을 표현할 능력이 없다고 단정하려고 하니 답답하고 좌절감이 오려고 하는 그 순간 갑자기 '창조'라는 말이 나의 뇌리를 스쳤다. 내 눈앞에 갑자기 마주 나온 장관을 나타났다고 표현하기보다 누군가가 만들었다는 느낌이 감동을 일으켰다. 그 장관은 나를 억압하며 내가 너무도 작게 느껴지게 하는 것은 분명했다. 사진기에는 수없이 많은 그림이 들어왔다. 그 어느 한 장이 내가 표현하고 싶은 것을 담아주기를 기대하였다. 그러나 그 어느 하나도 내가 육안으로 보고 느낀 것을 표현할 수는 없었다는 안타까움도 있었다. 이 감정도 저장했다가 다른 이들에게 표현해 주고 싶지만 내가 느낀 것을 어떻게 전할 수 있을까? 막연히 '오! 창조주여.' 하더라도 다음 말이 나오지 않을 것 같았다. 몇 십 년이 지난 오늘 아직도 그 표현을 찾지 못했다. 이젠 내 맘속에 기억하고 있는 것조차도 의심스럽다. 계곡의 주위를 조금씩 옮기면서 그때 나의 느낌을 다른 사람에게 조작하지 않고는 전할 수도 없다고 단정하였다. 나는 아직도 적절한 표현을 찾지 못했다.

사람들을 따라 조금씩 움직이다 보니 여기저기 땅에 박혀 있는 팻말이 보였다. 한결같이 '태초에 하느님이 천지를 창조하시니라.' 마치 신학교 수학여행 온 것 같은 경관이다. 사실 나도 그런 생각을 했다. 그것도 부족하다고 느꼈지만 내 느낌에서 나온 말이 그것밖에 없다고 단정할 수밖에 없었다.

우리가 꿈을 꾼 뒤 그것을 기억했다가 설명하려면 대개 이야기를 꾸며야 한다. 꿈은 문법이 없으니까. 기억도 정확하지 않다. 괴이한 꿈은 그것을 남에게 얘기하고 싶은 충동을 일으키지만 말로 표현하기 힘들다. 나는 왜 그 느낌을 담아두었다가 누구에게 옮겨야 한다는 것인지도 알 수 없었다. 홀로 간직하는 것만은 옳지 않은 것일까? 이 세상에 어느 누가 이런 경험을 누구와 나누고 싶어 하지 않을까? 글 쓰는 이들처럼 창작을 하는 사람은 자기의 작품을 남에게 보여주고 인정을 받기를 원하는 것은 당연하다.

1957년에 내가 가회동에서 하숙하고 있을 때 그 옆집에 살았으며 이화대학 재학 중에 소설로써 동아일보 신춘문예에 당선한 정연희 소설가가 몇 십 년 후에 미국을 순방하였을 때 그녀의 간증을 들었다. 너무도 변한 그분의 일생에 엮인 이야기를 듣고 그분의 고민이 내 뇌리를 스쳤다. 그분이 등단한 이유 중의 하나가 그의 발랄하면서도 노골적인 심리 표현이었기 때문이었다. 그러나 그분의 간증으로 볼 수 있는 소설 『내 잔이 넘치나이다』는 갑자기 그렇게 자유분방했던 그녀의 표현을 잃은 것 같아 내 눈시울이 뜨거워지는 것을 느꼈다. 아 결국 나만이 가질 수 있는 깊은 느낌을 솔직하게 남에게 전달하기는 힘든 것이구나 하는 것을 느꼈다. 이제 문학가와 예술가, 특히 시인의 고민을 이해한다. 고등학교 때 국어 선생님이 시 한 편을 읽다가 중단하시더니 창 너머 먼 산을 쳐다보셨다. 아이들의 수군거리는 소리가 들렸다. 선생님께서 눈물을 훔치는 것을 보았다. 갑자기 방 안이 조용해졌던 것을 기억을 한다. 우리들의 그때 그 느낌을 누가 이해할 수 있을까?

아는 척 짐작은 하겠지. 바이런이 마지막에 한 상상은 그의 마지막 시집을 양복 주머니에 넣고 제네바의 호수에 뛰어들고 싶은 충동이라고 했다. 그런데 그것을 시에 담지는 못하였다고 한다. 시인도 마음의 표현을 글로 표현하지를 못했다는 말인가?

강창욱 | 『월간문학』 수필 등단(2015년). 춘원 이광수 단편집 영문 번역. 저서 : C.S.루이스의 마지막 여행 소설, 『정신분석과 창작』. 1937년 4월 15일생, 서울의대 1961년 졸업, 미국 보리티모어 세인트 아그내스병원 정신과 과장.

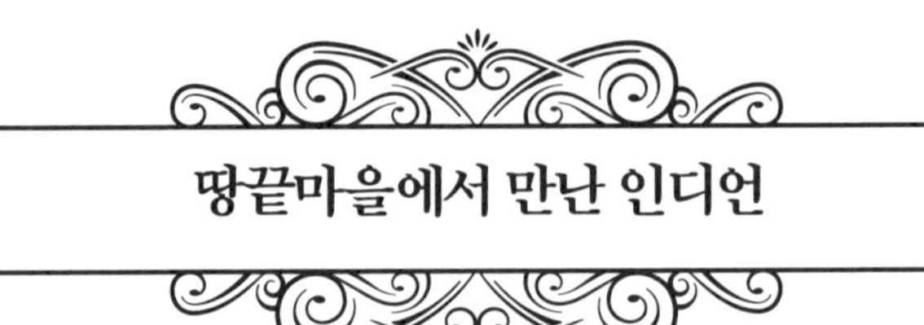

땅끝마을에서 만난 인디언

신순희

니아베이에 도착했다. 인디언 보호구역이다. 여기서 도로 끝까지 차로 달리면 케이프 플레터리가 나온다. 워싱턴주 올림픽 반도 북서쪽 끝에 있는 땅끝마을. 더는 앞으로 나갈 수 없는 땅끝에 서서 바다를 바라보면 무슨 생각이 들까.

흙먼지 풀풀 날리는 비포장도로를 지나 케이프 플레터리에 다다르니 주차장이 자갈밭이다. 관광지라 하기엔 무척 허술하다. 여름 한나절, 주차장 옆에 서 있는 간이 화장실 '허니 버킷'이 뜨거운 열기를 뿜어낸다. 일부러 개발하지 않은 건 아닐 텐데, 그렇다고 사람들 편리하라고 개발할 것 같지 않다. 자연 본래의 모습이 제일 자연스럽긴 하다.

바다 건너편이 바로 캐나다 밴쿠버이다. 여기가 미국 북서쪽 끝이라는 게 실감 난다. 그 옛날 인디언들이 온전히 주인일 때는 이곳이 어땠을까? 바다에는 고래와 물개가 갈매기와 노닐고 숲에는 사슴과 나무열매가 그득한 천혜의 땅에서, 인디언들은 그들의 방식대로 자유롭게 살아가며 평화를 누렸을 것이다.

먼 옛날, 3,800년 전부터 니아베이에서 살아온 인디언 마카족은 조상 대대로 카누를 타고 작살로 고래 사냥을 하며 살았다. 마카족의 전통적인 고래 사냥 방식이 잔인하다고 동물 애호가들은 극렬히 반대한다. 미 대륙 여기저기 퍼져 살던 인디언들의 영토를 침략한 자들이 행한 일을 기억하는가. 문득, 내가 스무 살 즈음에 봤던 영화 〈솔저 블루〉가 생각난다. 실제 있었던 인디언 학살 사건을 다룬 영화다.

그토록 오래전부터 니아베이에서 살아온 인디언들을 벼랑 끝으로 몰아낸 미국 정부는 다시 그곳에 인디언 보호구역을 지정해 두었다. 보호구역에 거주하는 인디언들은 삶의 의욕을 상실했을지 모른다. 말 타고 드넓은 광야를 달리던 용맹스러운 인디언들이 총 앞에 무력하게 무릎 꿇었을 것을 생각하면 연민을 느끼지 않을 수 없다. 아메리카 대륙의 원주민은 어딘가 아시안을 닮았다. 때때로 그들과 내가 행여 같은 조상을 가진 건 아닐까, 의구심이 들 때가 있다.

어떤 백인은 아시안을 보고 너희 나라로 돌아가라고 외치지만 백인도 원주민은 아니다. 속으로 나는 말한다. '아메리칸 인디언 빼고 모두 이민자다. 그러니 너희도 나가라.' 하지만 백인이 무력으로 이 땅을 정복했으니 이긴 자가 모두 갖는다는 논리 앞에 할 말이 없다.

케이프 플레터리에서 돌아오는 길에 '훈제 연어'라는 작은 골판지 팻말을 보고 차를 돌렸다. 간판도 없는 허름한 가게에 들어서니 카운터 앞에 가격표가 붙은 훈제 연어가 있고 빈 바구니가 옆에 놓여있었다.

아무도 없는 가게에서 잠시 머뭇거리는데 안쪽에서 한 남자가 나왔다.

이 남자. 니아베이에서 만난 이 인디언 남자를 잊을 수 없다. 손님을 무시하는 듯한 태도가 나를 당황하게 했다. '나는 장사꾼이 아니다. 너희가 훈제 연어가 필요해서 왔으니 가져가라. 내 손으로 돈을 받진 않겠다. 너희가 필요한 만큼 연어를 가져가고 돈은 여기 바구니에 넣어라. 감사하다는 인사는 안 한다. 나는 이 땅의 주인이고 너희는 단지 방문자이다. 그러니 조용히 왔다 가라.'는 무언無言의 말을 하는 것 같았다. 굳은 표정의 인디언 남자는 나를 한번 쳐다보고는 아무런 말 없이 안쪽으로 쑥 들어가 버렸다.

혼자서 돈을 바구니에 넣고 가게를 나오면서 뭔가 이상했다. 저 사람이 화가 났나 생각해 보지만 잘 모르겠다. 그 마음을 헤아려 보다가, 그렇구나 이건 마카인디언의 마지막 자존심이구나, 내 맘대로 해석하고 말았다.

인디언 가게에서 산 훈제 연어는 어쩐지 지저분하고 비위생적으로 보였다. 그렇다고 값이 싸지도 않았다. 제대로 훈제된 게 맞나, 잘못 먹고 배탈이라도 나면 어쩌나, 공연히 샀나, 내 맘은 자꾸 트집을 잡았다. 한편으로는 인디언 전통 방식으로 훈제한 연어니까 맛있겠지, 얼마나 오래된 전통인데 엉터리는 아닐 거야, 생각을 바꾸기도 했다.

집으로 돌아가는 차 안에서 입이 궁금하여 옆 좌석에 둔 훈제 연어 한 조각을 입에 넣었다. 맛이 일품이다. 일반 마켓에서 파는 것과 다르다. 조금 더 살 걸 그랬다. 이 먼 곳을 언제 또다시 와 보겠나. 겉모습으로 판단하는 게 아닌데 정리정돈 잘 된 마켓만 보다가 인디언 가게를 보고 맛을 지레짐작하다니, 내가 얼마나 편협한 생각을 했는지 무안했다.

자연을 경외하는 마카족 사람들. 그들의 터전인 니아베이라는 지명은 마카인디언 추장 이름에서 유래되었다. 시애틀이란 지명 역시 인디언 추장의 이름이다. 시애틀 추장은 부족어로 말했다. "땅이 우리의 소유가 아니라 우리가 땅의 일부이다. 어떻게 공기를 돈으로 사고팔 수 있는가?"라고. 마카인디언들이 영어와 함께 아직도 그들의 고유 언어를 사용한다니 다행이다. 언어를 잃으면 모든 걸 잃을 수 있다는 생각이 든다. 비록 영토를 잃었지만 그들의 정신까지 빼앗긴 건 아니다.

마카인디언들은 더러는 백인 문화에 동화되고 더러는 혈통이 섞이면서도 그들의 전통과 문화를 계승하고 있다. 고래를 사냥하고 물고기를 조각하고 연어를 훈제하며 자연에 사는 아메리칸 인디언, 원주민.

그날 만난 인디언 남자는 이제는 관광지로 전락한 삶의 터전에서 결코 웃지 않았다.

신순희 | 『월간문학』 등단(2015년). 2010 뿌리문학상, 2012 재미수필 신인상 수상. 서북미문인협회, 재미수필문학가협회 회원. 미국 워싱턴주 시애틀 거주.

풍경에도 박자가 있다

박규리

통도사의 아침은 은은한 종소리와 목탁 소리가 조화를 이룬다. 소박한 절 마당에 핀 홍매화가 향기를 분분히 날리고 있다. 햇살은 매화나무에 내려앉아 있다.

서운암에 차를 세워두고 장경각으로 향했다. 이왕이면 포장도로보다 시골 냄새가 물씬 풍기는 흙길을 택해 걷고 싶었다. 흙을 밟으며 오솔길을 걷는다. 갑자기 주변이 소란스러워 둘러보니 거위들이 긴 목을 빼고 연못가에 모여 있다. 온통 회색의 배경 속에서 거위의 흰색이 선명하다.

장경각 안으로 들어갔다. 건물 안에는 승려들이 공부하던 경전이 보인다. 경전을 따라 미로 속을 묵묵히 걷는다. 스님들은 경전을 독송하며 해탈과 열반의 길에 들어서고자 했을 것이다. 사람은 욕망이 있어서 살아가는 것이지만, 속인의 삶은 늘 번뇌하는 일의 연속이다. 불교경전을 따라 걸으며 번뇌의 얽매임에서 벗어나고 싶었다.

모퉁이를 돌고 있을 때다. 금강경을 읽고 있는 사람을 만났다. 묵묵히 발길을 내딛다 말고 걸음을 멈추었다. 미로같이 느껴진 경전 속을 걷고 있는 사람들. 그들도 어쩌면 그곳에서 길을 찾고 있는지도 모른다.

길을 잃고 헤매던 때가 있었다. 첫 수필집을 출간했을 때다. 입구는 있되 출구를 찾을 수 없던 날. 어지럽게 갈래가 져서 빠져나오기 어려운 길들이었다. 길을 찾기란 생각보다 어려워 미로처럼 얽히고설킨 길을 몇 번이고 오르락내리락했다.

그때 나는 인간관계에서 많은 스트레스를 받고 있었다. 생각해서 해주는 말도 겉 다르고 속 다른 위선으로 느껴졌다. 그 사람들의 말에 귀를 막았다. 원망하며 그들과의 관계에 벽을 쌓았다. 대립과 증오의 벽이었다. 그 벽을 스스로 허물기까지는 오랜 시간이 필요했다.

장경각 앞 벤치에 앉았다. 아래를 내려다보니 서운암이 살짝 보인다. 장경각은 뒤쪽 영축산의 품에 둘러싸여 포근하고 여유롭다. 이곳은 바람을 잘 타는 자리다. 청명한 하늘이 바다를 닮았다. 뎅그렁뎅그렁 풍경 소리가 들린다. 풍경은 바람 속을 유영하며 평화롭게 보인다. 금어가 중심을 잡는 건지 종이 중심을 잡는 것인지 알 수 없지만 일정한 박자에 맞춰 흔들리면서도 평온해 보인다.

장경각에서 만났던 사람들이 생각났다. 호둣속 같은 세상을 살아가려 마음공부를 하는 것이리라. 사방이 경전으로 둘러싸인 곳에서 그 사람들을 보는 순간 머릿속이 번쩍했다. 다람쥐 쳇바퀴 돌 듯 마음속을 어지럽히던 번뇌가 끊어지는 것을 느꼈다. 엉클어진 실뭉치가 한 순간에 풀리는 마법의 순간이었다.

돌이켜보니 내가 한 방향으로만 생각한 것 같다. 그때는 관계의 박자를 무시한 채 혼자 춤을 추고 있었다. 입을 막고, 귀를 막고, 전진을 멈추지 않았다고 생각했지만 오히려 후퇴한 것은 아니었을까. 딱딱 박자에 맞춰 살기 힘든 것처럼, 느리면 느린 대로, 빠르면 빠른 대로 귀를 기울였으면 어땠을까.

모든 풍경이 혼자 소리를 내지 않는 것처럼, 나도 보이지 않는 바람의 소리에 박자를 맞춰 귀를 열고 마음을 키우려 숨을 참는다. 바람이 뺨을 스치는가 싶더니 풍경이 맑은 소리를 낸다.

박규리 | 『월간문학』 수필 등단. 저서 : 수필집 『뜸』. 한국문인협회, 대표에세이문학회, 울산문인협회, 에세이울산문학회 회원. 현재 방과 후 교사 타로리더.

저물 때 타올라야 하고

최종

그가 나에게 말을 거는 것 같았다. 딜런 토머스, 긴 얼굴에 두꺼운 입술과 유난히 큰 눈은 많은 생각을 머금은 듯했고, 주황빛 뽀글뽀글한 파마머리는 소탈한 시정인市井人의 모습이었다. 액자 옆에는 그의 시 「고이 잠들지 말라」의 첫 연을 써 붙여놓았다.

"밤의 어둠 속으로 순순히 들어가지 말라/ 노년은 날이 저물 때 타올라야 하고 열변을 토해야 한다/ 빛의 소멸에 분노하고 분노하라"

윤여정이 〈미나리〉로 제93회 아카데미 여우 조연상을 받은 날 〈더 파더The Father〉로 남우 주연상을 받은 83세 앤서니 홉킨스는 시상식에 없었다. 자신의 세월이 알츠하이머병을 앓다 가신 아버지 나이가 되어서야 어둠 속으로 사라져 가는 망각의 행로를 짐작할 수 있었을까. 수상 소식을 듣지 못한 채 고향인 웨일스에 돌아가 아버지 묘소 앞에서 딜런 토머스의 시를 읊고 있었다.

끙끙 앓는 소리다. 폭발 직전 카운트다운에 들어가고 있는 것 같다. 영화가 시작되면서 흐르는 배경음악이 절박하게 들린다. 주인공 앤서니의 이어폰에서 나오는 음악이다.

옛날에는 유능한 엔지니어였지만 지금은 스웨터 하나도 혼자 입을 줄 모르는 앤서니(앤서니 홉킨스 분). "위스키 한 잔이라면 내 모든 것을 걸고도 남지." 처음 온 간병인 앞에서 들뜬 표정으로 말이 많다. 자신이 젊었을 적에는 댄서였다고 엉뚱한 이야기를 하지만, 기억회로가 망가져 방금 자기가 무슨 말을 했는지 알지 못한다.

자꾸 시간을 확인하고 싶어 손목을 보지만 시계가 없다. 딸이 찾아주어도 손목에서 풀면 어디에 두었는지 금방 잊는다. 함께 사는 딸 얼굴이 가끔 낯설게 보인다. 마침내 자신이 누구인지도 모르는 지경에 이른다.

자신의 존재를 상실한다는 것은 나와 연관된 모든 것을 잃었다는 뜻이다. 가장 소중하고 사랑하던 가족까지도 나와는 아무런 관계가 없는 상태가 된다. 시계를 잃듯 나의 정체성을 잃었다. 눈에 보이던 시계마저 보이지 않게 되자 보이지 않던 시간은 나를 뒤죽박죽 엉망으로 만들어버린다.

양로원 병실에서 니는 앤서니는 갑자기 엄마가 보고 싶다고, "누가 나를 엄마에게 좀 데려다줘요." 소리치며 운다. 쉿, 쉿! 달래는 간호사 품에 안겨 어깨를 들썩이는 앤서니의 뒷모습이 애처롭다. "내 잎사귀가 다 지는 것 같다"라고 한탄하는 앤서니. 창밖에 울창한 나무는 푸른 물결처럼 바람에 일렁이는데. 〈더 파더〉 영화는 끝난다.

"시대의 얼굴"이라는 제목으로 국립중앙박물관 상설전시관에서 초상화 전시가 있었다. 16세기부터 현대에 이르기까지 주요 인물을 그린 그림으로 영국 국립 초상화 미술관에 소장된 작품 중 78점을 고른 것이었다.

며칠 전 뜨거운 한여름의 오후, 시간을 축낸다는 자세로 천천히 전시관에 들어갔다. 전시된 첫 작품은 영국 웨일스가 낳은 시인 딜런 토머스(1914~1953)의 초상화였다.

"날이 저물 때 타올라야 하고…" 시구를 다시 읽어봤다. 시인의 목소리가 어딘가를 지긋이 바라보는 눈빛에 섞여있는 듯했다. 한 작품 앞에서 너무 오래 지체했나, 뒤에 입장한 사람들이 나를 기다리지 않고 지나쳐 갔다. 얼른 옆자리로 몸을 비켜 주었다.

이마가 훤칠하고 하얀 수염이 텁수룩한 찰스 다윈은 여느 다복한 시골 할아버지처럼 보였고, 방탄소년단과 빌보드 핫100 차트 맞대결을 벌이고 있는 에드 시런은 까슬까슬한 털복숭아 얼굴이었다. 턱을 든 얼굴에 가늘고 긴 콧대를 세운 아이작 뉴턴은, 곱슬머리가 물결치듯 내려뜨려진 멋쟁이 모습이었다.

영국 절대 군주 헨리 8세(1491~1547)는 짙은 눈썹에 턱선이 굵어 강렬한 인상을 풍겼고, 왕립예술가협회에 입회한 최초의 여성 화가 루이스 조플링(1843~1933)은, 동글동글한 까만 눈이 한없이 선량하게만 보였다.

초상화에 나타난 얼굴들은 기품 있는 노인도 있었고, 불꽃 정열을 태우는 젊은이도 보였다. 권세와 부와 명성이 세기를 풍미했던 사람들이었다. 이미 가버린 사람이거나 언젠가는 사라져갈 존재 앞에서 초상화가 주는 의미가 무엇인지 헤아려 보았다.

앞서간 사람들의 큰 업적을 기리는 것은 후세를 위해서도 바람직한 일이다. 한데, 세상을 떠난 분의 초상화 전시가, 정작 세상에 없는 당신에게는 어떤 의미가 있을까 싶다. 모든 의식儀式은 산 자를 위한 것이다. 노령이 되어 숨이 다하는 순간까지, 점점 어둠 속으로 사라져가는 의식의 줄기를 붙잡아 주는 일이 죽은 후 그를 향해 거행하는 어떤 의식보다 중요한 것이 아닐까.

관람을 마치고 딜런 토머스 초상화 앞에 다시 돌아가 봤다. 어둠 속으로 순순히 들어가지 말라, 피폐해져 가는 영혼을 향하여 정신을 차리라고 호소하는 말이었다. 종말의 수렁으로 빠져든 아버지 앞에서 결연히 맞서자고 외치는 시인의 안타까운 목소리였다.

치매 노인의 혼잣말을 귀담아 들어줄 사람은 어디에도 없다. 그는 홀로 남았다. 모든 것은 희미해져 가고, 가끔 의식되는 자존감은 한없이 떨어져 내려갔다. 영화 속 앤서니 홉킨스의 초점 잃은 멀건 눈망울이 시인 딜런 토머스의 눈에 오버랩되어 오래도록 내 발길을 잡아끌고 있었다.

최 종 | 『월간문학』 수필 등단(2016년). 저서 : 수필집 『깨갱』 『온종일 비』. 한국수필가협회, 대표에세이문학회 회원. E-mail : cteng31@hanmail.net

초록 길에서

김순남

산책길에 나섰다. 오늘도 논길에 접어드니 길옆으로 무궁화 꽃나무가 도열하듯 서서 길을 걷는 이들을 마중한다. '삼한의 초록 길' 걷기는 평지라 부담도 없고, 오고 가는 길에 예쁜 꽃들이 즐비해 눈요기는 덤이라 할 수 있다. 청전 뜰에는 미꾸라지, 메기, 오리 등을 이용한 친환경 농법으로 농사를 짓는 논들이 있다. 초록 물결 넘치는 논에는 어느새 벼 이삭이 올라오고 있다.

이 길을 걷는 사람은 다양하다. 산책길 양옆에 자전거 도로가 있어 자전거를 타는 사람, 마라톤을 하는 이, 유모차에 아기를 태우고 걷는 젊은 부부, 두 손을 꼭 잡고 걷는 연인들, 애완견을 데리고 나오는 사람도 점점 늘어나고 있다. 가끔은 남편과 또는 가까이 사는 작은 아들과 걸을 때는 부족한 대화를 나눌 수 있어 좋다. 오늘처럼 혼자 걸을 땐 이런저런 사색을 할 수 있어 그 시간도 나름 괜찮다. 자주 만나게 되는 노부부는 할머니 걸음이 조금 불편해 보이지만 할아버지의 보살

핌으로 꾸준히 걸으시는데 지난봄보다 할머니의 건강이 좋아진 듯 보여 보는 사람도 기분이 좋아진다. 모두가 각양각색의 모습이지만 같은 길 위에서 건강을 위해 걷기에 열중하는 사람들이다.

초록 길은 꽃길이다. 봄부터 유채꽃, 마가렛, 금계국 등 많은 꽃이 피었다 지고 계절에 따라 새로운 꽃들이 피어난다. 지금은 금불초가 피어서 꽤나 오래 하얀 불을 밝히고 쑥부쟁이, 벌개미취꽃이 막 꽃송이들을 피우고 있다. 한들한들 여린 꽃들이 무리 지어 피는 모습은 참으로 아름답다. 키 작은 흰색 금불초 꽃 무리 속에 그야말로 노란색 뚱딴지꽃이 생뚱맞아 보인다 할 수 있지만 꽃들은 있는 그대로 어울려 살아간다.

언제부터인지 걷기 예찬론자가 되었나 보다. 예전엔 웬만한 거리는 걸어서 다녔다. 자동차 운전을 하고부터 가까운 거리도 차를 이용하는 습관이 되었다. 시간이 나면 때로는 가까운 산을 걷거나 이곳 초록길을 걷는다. 전에 헬스장엘 다녀 보았는데 좋은 점도 있지만, 어느 곳에 매인다는 불편함과 많은 사람이 북적대는 공간이 내게는 맞지가 않았다. 바깥 공기를 마시며 농작물이나 계절마다 피어나는 꽃들을 보며 길을 걷다 보면 마음에 쌓였던 일상의 스트레스도 없어지고 몸도 가벼워진다. 무엇보다 하루하루 달라지는 자연과 교감하며 때로는 빨리 또는 천천히 걷는 즐거움에 빠진다.

걷다 보면 많은 생각을 하게 된다. 때로는 좀체 풀리지 않을 것 같은 일들도 걸으며 생각하다 보면 자연스레 매듭이 풀릴 때가 있다. 씨 뿌리고 가꾸지 않은 이름 모를 작은 풀꽃을 보며 마음이 숙연해진다. 애써 가꾸는 꽃들 옆에서 자신의 할 일을 다 하는 여린 꽃들이 대견하게 보인다. 계절이 바뀔 때마다 자연의 순리에 따라 피어나는 꽃들을 보며 오만한 마음도 내려놓게 된다.

요즘처럼 날씨가 더울 때는 이른 아침이나 저녁 시간에 걷는다. 작년부터 이어지는 코로나19 상황에 사회활동이 줄어들다 보니 걷기에 나선 사람들이 급격히 많아진 듯하다. 지난겨울 기록적인 한파로 몹시 추운 날도 많은 사람들이 이 길을 걷고 걸었다. 그때나 지금이나 마스크로 얼굴 표정을 제대로 볼 수 없어도 모두들 어려운 상황이 얼른 끝나기를 바라는 마음은 같으리라. 같은 길 위에서 한발 한발 걷고 있다는 것이 그들과 굳이 대화를 하지 않아도 같은 마음이리라.

초록 길 끝에는 의림지가 있다. 삼한시대에 축조하였다는 의림지는 관개灌漑 기능을 지금도 톡톡히 수행하고 있다. 길옆으로 의림지 물을 이용하여 농사를 짓는 청전뜰 논들이 이어지고 있는데 수로가 젖줄처럼 어디든 연결되어 있다. 웬만한 가뭄에는 저수지 물이 마르지 않으니 다른 지역에 비해 복 받은 고장이 아닐까 싶다. 농수로를 흐르는 물소리는 길을 걷는 이들의 발걸음을 한결 경쾌하게 해준다. 아득하게 오래전부터 이어진 물길을 따라 걸어서 못 둑에 닿는다. 의림지 못을 반환점 삼아 돌아오다 보면 사람과의 관계에서 쌓였던 잡다한 생각들, 나도 모르게 싹트는 욕심들도 지우고 잠재우게 된다.

길가에 있는 정자에 노부부가 앉아있다. 남편에게 물을 건네는 할머니 모습이나 걸을 때 옆에서 아내가 넘어질세라 극진히 대하는 할아버지 모습에서 부부의 애틋함이 묻어난다. 결혼식장에서 또는 광고에서 덕담으로 "꽃길만 걸으세요."라는 말을 종종 듣게 되는데 아름다운 꽃도 계속 보면 시들해진다. 처음 꽃들을 보고 그 어여쁨에 감탄하던 마음도 차츰 옅어지고 당연하다는 듯이 여겨진다. 꽃길은 우리 마음이 평화로우면 길가에 풀 한 포기, 돌멩이 하나도 아름답게 보이고 정작 가장 아름다운 꽃길은 마음속에 있지 않나 싶다.

석양에 물든 노부부의 모습은 꽃들 못지않게 아름다워 보인다. 오랜 세월 함께 길을 걸어온 부부가 저토록 애틋한 모습이면 두 분이 걸어온 삶이 아름다운 꽃길이 아니었을까 여겨진다. 지는 노을이 아름다운 까닭을 길을 걸으며 새삼 느끼는 날이다.

김순남 | 『월간문학』 수필 신인상(「도마」, 2016년). 소월백일장 준장원 (새한국문학회, 2008년), 제8회 경북문화체험 전국수필대전 장려상(2017년), 제15회 충북여성문학상(2020년) 수상. 한국문인협회, 대표에세이문학회, 목우문학회, 제천문인협회 회원. E-mail : ksn8404@hanmail.net

미늘을 벗어나다

조명숙

그곳에 도착하자 울퉁불퉁한 비포장 길이 나왔다. 불쑥 정다운 마음이 솟았다. 어디선가 본 듯한, 혹은 걷고 싶은 길이라는 생각이 들어서였다. 길옆으로는 저수지가 길게 펼쳐져 있었다. 꽃잎이 사뿐히 내려앉은 듯 윤슬이 봄바람에 나풀거렸다. 저수지를 가로지른 다리가 그림처럼 아름다웠다.

갑자기 전화벨이 울렸다. 친구에게서 온 전화였다. 급한 일이 생겨 나갈 수가 없게 됐다며 몹시 미안해했다. 피식 웃음이 나왔다. 만나자고 한 사람이 오히려 나올 수 없다고 하니 말이다. 어떡할까 생각하다 이왕 나선 나들이니 혼자라도 봄볕을 쐴 양으로 걸음을 옮겼다.

친구에게서 만나자고 전화가 온 건 며칠 전이었다. 전염병이 두려워 이런저런 약속을 피하고 있던 나를 부추겼다. 한적한 곳을 알고 있으니 잠깐 다녀오자는 것이었다. 집에만 틀어박혀 그러잖아도 답답하던 차라 흔쾌히 약속을 정했다. 그곳은 평택의 한 저수지였다.

먼저 도착한 내가 보아도 약속 장소는 꽤 괜찮아 보였다. 사람들을 굳이 피하지 않아도 될 만큼 조용했다. 그동안 무채색에 묶여있던 마음이 환해졌다. 친구가 못 오게 되자 오히려 여유로움이 느껴졌다. 조금 걷다 보니 저수지 주변에 사람이 보였다. 낚시꾼들이었다. 고즈넉한 분위기 탓에 그곳이 낚시터인 줄 그제야 알았다.

근처 매점으로 들어갔다. 젊었을 땐 꽤 고왔을 듯한 중년 부인이 가게를 지키고 있었다. "물고기가 많이 잡히나요?" 나는 딱히 할 말이 없어 그렇게 물었다. 그러자 그녀는 친근하게 대답했다. "그럼요, 삼십여 년 전에 잡아넣은 것들이 새끼를 치고 자라서 물고기가 많아요." 그녀는 날 낚시꾼으로 오인한 모양이었다. 빈자리에 앉아 낚싯대를 던져 보라고 했다. 내가 웃으며 괜찮다고 하자 그녀는 젊은 낚시꾼을 가리켰다. 그가 고수니 구경이나 하라는 것이었다. 나는 못 이기는 척 그의 옆으로 다가갔다. 마침 그는 막 물고기 한 마리를 낚아 올리고 있었다.

낚싯대 끝에서 물고기가 요동을 쳤다. 온몸을 뒤틀고 좌우로 꼬리지느러미를 부산하게 움직였다. 그래 봐야 빠져나갈 길은 요원해 보였다. 그는 버둥거리는 물고기를 잡으려 안간힘을 썼다. 하지만 헛손질만 반복되었다. 그는 허공에서 잡기를 포기하고는 바닥에 고기를 내려놓았다. 물속이 아니라는 걸 알았을 텐데도 물고기의 몸부림은 그치지 않았다.

그는 정말 고수다웠다. 연거푸 대물을 낚았다. 다시 올라온 건 잉어였다. 날카로운 낚싯바늘이 목구멍에 깊숙이 박힌 듯 잉어는 벗어나려 몸부림쳤다. 끝내 바닥에 던져진 잉어를 그가 능숙하게 살림망에 담았다.

"물고기를 계속 낚을 건가요?" 나는 뜬금없이 들릴지 모를 질문을 던졌다. "그럼요, 이제 시작인걸요." 그가 웃으며 말했다. 미늘에 꿰어진 채 요동치는 물고기를 바라보았다. 물고기의 생명이 한 사람의 손에 달렸다는 생각이 들자 서늘한 기운이 가슴을 훑고 지나갔다. 그 잉어가 마치 언젠가의 내 모습 같다는 생각이 들어서였다.

젊었을 적 나는 질병을 얻어 병원 신세를 진 적이 있었다. 친정어머니는 삶의 소용돌이를 추스르지 못하고 주저앉은 딸을 일으켜 세우려 안간힘을 썼다. 초파일에 하는 방생을 가장 큰 행사로 알고 있는 어머니였다. 십수 년간 빠지지 않고 참석할 만큼 생명을 소중히 여겼다. 방생하고 온 날이면 어머니는 나쁜 기운이 몸에서 다 빠진 것 같다고 했다.

그런 어머니가 어느 날 잉어 한 마리를 들고 왔다. 이웃에서 낚시로 잡아 온 것을 얻었다며 명약이라도 되는 것처럼 흐뭇해했다. 평소에 그토록 생명을 소중히 여기던 어머니였지만 딸의 병 앞에서는 어쩔 수 없는 모양이었다. 탕을 만들겠다며 도마 위에 올려놓았다. 잉어는 그때까지도 살아서 꿈틀거렸다.

입을 빠끔거리더니 이내 기운이 다했는지 맥을 놓았다. 눈은 약간 튀어나오고 흐리멍덩했다. 하지만 아가미를 벌룽벌룽하며 헐떡거렸다. 나는 잉어를 외면했다. 생의 굴레에서 피폐한 일상을 뛰어넘지 못한 채 시르죽은 나를 보는 것 같았기 때문이다.

어머니가 잉엇국을 큰 대접에 담아왔다. 하지만 한 숟가락도 넘길 수 없었다. 도마 위에서 생과 사의 경계를 넘나들던 잉어가 눈에 아른거렸기 때문이다. 그 후 살아있는 생명이 숨을 거두어 음식으로 취하는 일은 할 수가 없었다.

언제 왔는지 젊은 낚시꾼 옆에 늙수그레한 사람이 자리를 잡고 앉아 있었다. 그의 행동은 능숙하고 노련했다. 머리엔 삿갓을 쓰고 풍성한 법복을 입은 게 꼭 거사의 모습이었다. 불도를 수행하는 사람이라면 생명을 귀히 여겨야 할 텐데 무슨 일일까. 나는 분개하여 그에게 다가갔다. 벌써 서너 마리를 잡은 상태였다.

"계속 물고기를 잡으실 건가요?" 따지듯 묻는 내 말에 그는 대꾸하지 않았다. 돌아보지도 않았다. 머쓱해져서 있던 자리로 되돌아왔다. 나는 마치 그들을 감시하는 의무라도 지닌 듯 그곳을 떠날 수 없었다. 두 사람은 조용히 낚시에만 몰두했고 나는 살림망에 담긴 물고기에서 눈을 뗄 수 없었다.

어느덧 해가 뉘엿뉘엿 지고 있었다. 누가 먼저랄 것도 없이 두 사람이 주섬주섬 낚시 용품을 챙기기 시작했다. 그리고는 또 누가 먼저랄 것 없이 낚았던 물고기들을 다시 저수지에 놓아주는 게 아닌가. 내가 멍한 눈으로 그들을 바라보고 있을 때 둘은 다정하게 이야기를 주고받으며 낚시터를 빠져나가고 있었다.

어느새 옆에 와 있던 가게 주인이 중얼거렸다. "부자지간이 엄청 다정해. 아버지와 아들이 빼닮았다니까. 물고기를 아무리 많이 잡아도 한 마리 가져가는 법이 없어. 복 받을 거야." 그들은 동네 절집에 산다고 했다. 낚시터를 나서는데 내 몸의 나쁜 기운이 빠져나가 버린 듯 홀가분했다.

나는 몸도 마음도 한없이 가벼워졌다. 노을이 점점이 번져 나는 저수지를 바라보며 왔던 길을 되돌아 걷기 시작했다.

조명숙 | 『월간문학』 수필 등단(2017년). 한국문인협회, 대표에세이문학회 회원.
E-mail : moungoky@daum.net

벚꽃이 지기 전에

신미선

월요일 아침 직장동료와 함께 차 한 잔을 책상에 놓고 주거니 받거니 주말 지낸 이야기가 오갔다. 그녀가 먼저 딸내미를 보러 서울을 다녀왔다며 이야기의 포문을 열었다. 가는 내내 하늘엔 구름 한 점 없이 봄볕으로 가득했고 길가엔 벚꽃이 흐드러져 눈 뗄 틈 없이 감탄사를 연발했다고 했다. 그런데 벚꽃 만발한 길을 내달리다 어느 순간 뜬금없이 눈물이 쏟아져 결국 중간에 차를 세우고 목놓아 울었단다. 한참을 울고 나서야 마음이 진정돼 다시 운전대를 잡았다며 웃는데 그 찰나 그녀의 눈가에 또 물기가 촉촉하다.

사실 그녀는 지난겨울 친정엄마가 돌아가시고 한동안 우울해했다. 엄마와 유독 정이 깊어 시골 친정집 근처에서 직장생활을 주로 했고 꽃을 좋아해 시간이 날 때마다 함께 꽃구경을 자주 다녔다는 얘기를 들은 적이 있다. 그리고 모녀母女의 관계를 넘어 함께 시간을 공유하고 추억을 나누던 친구 같던 엄마가 서너 해 노환으로 서울 병원에 입원해 계시다 돌아가셨단다. 엄마를 병원에 모셔놓고 주말마다 이 길을 내달려 오고 가던 그 순간들이 떠올라 눈물이 복받쳤다고 할 때 나도 순간 울컥했다.

나는 지난 주말 남편과 함께 청주시 가덕면으로 아버님 산소에 다녀온 이야기를 들려주었다. 음성을 출발해 증평읍 좌구산을 돌아 미원면 시골길을 내달려 추모공원으로 차를 몰았는데 나 역시 가는 내내 벚꽃이 휘날려 눈이 즐거웠다고 했다. 청주 시내를 거치지 않아 번잡스럽지 않고 거리도 짧아져 시간을 줄일 수 있어 일석이조一石二鳥의 탁월한 선택이었다는 말도 덧붙였다.

정말로 추모공원을 향해 가는 굽이굽이 좌구산 자락마다 벚꽃이 절정을 이루고 있었다. 질서 정연한 가로수가 아닌 길가에 아무렇게나 심어진 크고 작은 나무들이 저마다의 색으로 눈이 부셨다. 늘 그렇듯 들녘에는 봄을 맞은 농부의 손놀림이 잠들었던 밭고랑을 깨우느라 분주한데 그 뒤로 보이는 먼 산의 분홍빛 은은함이 초록을 배경으로 고요히 풍광을 더하고 있었다.

그날 나는 남편과 함께 차를 타고 가며 그가 꺼내놓은 벚꽃과 아버지와의 추억담을 들었다. 초등학교 입학 선물로 사준 운동화를 어느 날 잃어버려 엄마한테 혼날까 집에도 못 들어가고 대문가에서 울고 있는데 아버지가 연유를 묻고는 말없이 손을 잡아 장으로 향했던 기억을 그는 웃으며 이야기했다. 두 부자가 함께 걷는데 벚꽃이 바람에 날려 눈처럼 머리 위로, 어깨로, 손등으로 떨어졌다는 세세한 기억까지 남편은 지금껏 유년의 그 봄날을 잊지 않았나 보다. 평소 엄격하고 과묵하셔서 늘 어려웠던 아버지였는데 웬일로 벚꽃 가지를 꺾어 손에 쥐여주고 다른 한 손을 꼭 잡은 채 오일장에 다녀왔던 기억이 벚꽃잎 흩날릴 때면 생각난다는 것이었다.

꽃이건 식물이건 봄이 되면 저마다 본래 자기 자리를 찾아 돌아오는데 더는 만날 길 없는 누군가와 사랑했던 저들의 시간들, 봄이 깊어지면 그리운 기억에 눈시울 붉히는 이들을 보며 나는 잠시 이기적인 마음으로 나를 위안한다. 또다시 찾아온 봄을 함께 맞을 수 있는 소중한 사람들이 아직도 내 옆에 남아 있으니 감사한 일 아닌가. 벚꽃이 지기 전에 오늘도 시골 친정집 마당가에서 두런두런 한적한 봄을 보낼 부모님께 전화 한 통을 넣어야겠다. 창밖 너머 소원을 빌어도 좋을 아름다운 봄이 꽃잎과 함께 깊어가고 있다.

신미선 | 『월간문학』 수필 등단(2017년). 한국문인협회, 음성문인협회 회원.

비밀의 숲

백선욱

오랜만에 나들이다. 오월의 따사로운 공기와 신선한 바람. 코끝을 스치는 마로니에의 싱그러운 향이 기분 좋다. 코로나19로 몸살을 앓고 있어서인지 평일의 대학로에는 부산함이 없다. 대학 동기가 운영하는 카페에 들렀다. 연극을 하는 친구는 지방에 가서 늦은 오후에나 온다고 한다. 반갑게 맞아주는 친구가 없으니 혼자 앉아있기가 멋쩍어 카페를 나왔다. 혜화동 로터리를 지나 혜화 초교 쪽으로 발길을 옮겼다.

혜화동. 지나간 세월에 비해 눈에 띄는 변화는 그다지 보이지 않는다. 즐겨 다니던 문방구의 간판은 아직도 같은 이름이다. 어린 나에게 바깥의 정보를 처음 접하게 해 준 문방구 '아림사'에는 학용품 교재 외에 정기적으로 나오는 월간지와 플라스틱 조립 완구가 산처럼 쌓여 있었다. 그림에 재능이 있던 문구점 아들은 미대 교수가 되었고 가게는 먼 친척이 맡아서 하고 있다. 길 건너 만화 가게 '왕개미굴'은 편의

점으로, 만두와 라면을 팔던 '혜화분식'은 옷가게로 바뀌었다. 그렇게 크고 넓었던 길은 지금 보니 아주 좁기만 하다. 겨울이면 약간 경사진 골목길은 작은 스키장이 되었다. 아이들이 숱하게 오르내려 윤이 날 만 하면 연탄재를 뿌리는 어른들이 야속했다. 그 옛날에도 온 동네는 포장이 되어 있어서 흙으로 된 땅은 학교에나 가야 밟을 수 있는, 어느 한편으로 보면 불행한 유년의 시간을 보낸 곳이다.

초등학교 4학년이 되면서 활동 영역이 넓어졌다. 일거수일투족 일상을 옥죄던 가정교사가 불미스러운 일로 그만두자 내게 자유가 찾아왔다. 길에서 파는 떡볶이와 튀김들, 냉차와 아이스케키. 어떤 맛인지 너무나 궁금했던 호기심들이 채워지기 시작했다. 동네 아이들과 친해지면서 성균관 대학 뒷산을 거쳐 올라가면 삼청 공원이 있다는 것을 알게 되었다. 울창한 숲과 작은 개울. 시골을 고향으로 가지지 못한 나에게는 동화책에 나오는 환상의 놀이터였다. 비가 오나 눈이 오나 틈만 나면 숲으로 달려갔다. 개울물이 모여 만들어진 작은 연못은 나의 아지트가 되었다. 그곳에 작은 의자도 가져다 놓고 책을 보거나 장난감을 갖고 놀기도 했다. 아카시아 향기가 숲에 가득 차오를 때면 이파리를 하나씩 떼어내며 소원을 빌고 샐비어 꽃술의 단물도 빨아 보았다. 오로지 나 혼자만을 위한 공간, 비밀의 숲이 생긴 것이다.

방학이 되면서 숲에서의 시간이 늘어났다. 『학생 과학』이라는 책에서 본 대로 소나무 껍질로 만든 배에 송진을 바르고 물에 띄우면 곧잘 앞으로 나아갔다. 촛불로 철판을 데워 증기의 힘으로 작동하는 30원짜리 보트 장난감보다 더 신기해한 이유는 지금도 알 수 없다. 방학 숙제로 조악한 매미채를 만들어 나비도 잡고 잠자리도 잡았지만, 다시 날려 보냈다. 핀에 고정해 박제를 만드는 일이 잔인하다는 생각이 들어 결국 진흙으로 만든 꽃병으로 과제를 대신했다. 사실은 곤충들의 보복이 두려웠던 것이 더 솔직한 이유다. 여름 방학은 처음의 기대와 달리 너무나 빨리 지나갔고 아지트에는 주말이 되어야 겨우 갈 수 있었다.

숲에서 맞이하는 가을은 어린 나에게도 깊은 감흥을 안겨 주었다. 형형색색으로 변하는 나뭇잎들과 진하게 차오르는 신비한 냄새, 가을 냄새라고 이름한 그 향기에 묻혀 책을 읽다 보면 어느새 책장에 어둠이 드리워지곤 했다. 늘 아쉬운 귀가를 서둘렀던 시간들. 그나마 겨울이 되면 숲에 오래 머물 수 없어 나의 공간이 안전한가를 확인하러 오갈 뿐이었다. 털스웨터를 뚫고 들어오는 세찬 바람을 막을 수 없었기에…. 땅이 말캉하게 물기를 토할 때쯤이 되어야 나는 다시 아지트를 찾았다. 살얼음을 밀어내며 흐르는 작은 개울물의 소리를 기억한다. 개나리와 진달래에 묻힌 숲길을 헤치며 여기저기 움트는 생명의 향연에 초대된 환상에 빠져 숲의 알싸한 기운을 느끼던 순간들을. 도시의 아이에게 과분한 축복이었다. 숲에서의 여름을 세 번 보내고 다시 가을이 깊어갈 무렵 공원은 입산 금지 구역으로 지정되었다.

다시 찾은 삼청 공원은 울창한 숲으로 변해 있다. 나의 놀이터에 다시 가보고 싶은 마음이 격하게 올라왔다. 포장된 산책로 따라 기억을 더듬어 한참을 걸었다. 근처인 듯한 곳을 찾았는데 높다란 펜스가 나를 가로막는다.

비밀의 숲으로 가는 길은 그렇게 막혀 버렸다. 아마도 영원히 갈 수 없을 것이다. 그곳은 지난 세월과 함께 숲속으로 깊이 사라져 버렸다. 다시 돌아갈 수 없는 유년 시절과 함께….

백선욱 | 『월간문학』 신인상 등단(2017년). 저서 : 수필집 『生, 푸른 불빛(공저)』 등. 한국문인협회, 대표에세이문학회, 한국수필문학가협회, 문학동인 글풀 회원.

팔 층에서 본 줌렌즈 상

이재천

고소공포증은 없지만 바로 아래 바닥을 내려다보면 은근히 다리에 힘이 들어가고 몸의 중심도 쏠리는 느낌을 받는다. 얼른 먼 쪽으로 시선을 돌리지만, 이보다 더 높은 아파트에서 밖을 내려 본다면 어떤 기분일까 상상도 해본다. 비록 팔 층 높이지만 베란다에서 보이는 바깥 풍경이 아늑하고 편하게만 다가오지는 않는다. 불안한 마음이 더해서인지 먼발치를 바라보는 시선만큼이나 잡념도 따라붙는다.

잠시 거인국 거인이 되어 바라보고 있는 경치가 그렇다. 눈을 수평에 맞추면 먼 산의 윤곽선이 매끈하게 동에서 서로 완만히 그어져 있다. 산 아래 세상은 사람이 만든 사각형 구조물로 촘촘하고 조밀하다. 도시 좌우로 긴 능선을 늘어뜨려 둘러싸고 있는 산이 바로 모악산이다. 산의 유래가 정상에 솟은 바윗돌 형상이 아기를 품은 엄마의 모습과 닮아 그렇게 명명했다고 한다. 어릴 적 마루에 누워서 바라보았던 동네 앞산도 높은 산이었다. 울창한 숲과 구름으로 가려진 별천지 세계처럼 상상 속에서만 자주 올라가던 산이었다. 너머에는 밤도깨비가 어둠을 기다리며 숨어 있는 산이라고 생각하였다. 능선에 실루엣처럼 보였던 갖가지 동물 형상이 나무라는 사실을 알기까지는 몸이 훌쩍 커진 다음이었다. 석양이 산의 전신을 서서히 삼켜 가면 아이의 두려움까지 훔쳐 가곤 하였다. 초등학교 때 사생대회에 참가했던 날도 산을 스케치하면서 마법 나라처럼 녹청색으로 굵고 진하게 칠을 한 적이 있었다. 산에 몰두하다보니 가까운 경치는 놓치고 미완성의 풍경화를 제출한 기억도 있다.

하루 생활을 시작하고 마무리하는 곳이 모악산 아래 산골 동네다. 어느 티브이 프로그램의 〈나는 자연인이다〉에서 나오는 산중의 고립된 삶이 그다지 행복해 보이지는 않았다. 건강을 위한 이유가 대부분이었지만 사람 사이 관계보다는 도피적 은둔자 경향이 느껴졌기 때문이다. '자연인'보다는 도심 속에 사람과 자연이 공존하는 산자락 경계에서 가깝게 느껴보고자 터를 잡았다. 고향 집의 마루턱 동심은 마르지 않는 우물 샘이었다. 눈을 뜨면 야산과 논밭이 사람 사는 집과 이웃이다. 높고 살벌한 상상을 감수하지 않아도 후들거리거나 콩닥거리지도 않는다. 시시때때로 변하는 계절의 바람과 자연의 소리가 줌인 세상으로 들랑거린다.

몸이 커지면서 눈앞에 있었지만 보이지 않았던 세계를 하나씩 도전하고 올라가고 얻고자 돌아다녔다. 때때로 멈추고 싶었지만 올라가다 보면 깊고 높은 또 다른 심산이 줌인처럼 나타났다. 어릴 적 상상으로 올라가던 산봉우리에 묻어둔 메아리 소리였다. 하나 잔뜩 등에 메고 가는 욕심만큼이나 쌓여가는 잡념과 감각이 상을 흐리게 만들었다. 내려놓고 싶었다. 저녁밥 짓는 아낙네의 푸념 소리 같던 노랫소리에 위로받고 싶었다. 언제부터인가 줌아웃의 복잡한 시야를 내려놓고 마루 위에 누워 꿈꾸던 회귀의 산을 바라보고 싶었다.

부모님이 삼 년째 살고 계시는 주공아파트다. 들어서면 콘크리트의 답답함 때문인지 베란다 창을 열어놓는다. 높은 데서 보이는 번잡한 도시가 올망졸망한 소인국처럼 보이기도 한다. 도시 외곽에 위치하고 있어 가리는 건물이 없다 보니 넓게 조망된다. 제일 먼저 눈에 들어오는 건 삼천천의 유선형 물줄기이다. 물길을 따라가다 보면 푸른 하늘에 배경 삼아 기다란 삼각형을 세워 놓은 산이 있다. 바로 모악산이다. 산 능선 처음과 끝이 어디일까 따라가다 보면 지평선 끝에서 모호해진다. 응시하다 보면 너머에 있는 산들조차 겹산인지 심산인지 초점을 벗어나 희미해진다. 저기 어디쯤 있을까?

창밖 세상을 응시하다 보면 종종 내 집인지 부모님 집인지 착각에 빠지기도 한다. 줌인 줌아웃의 영상이 수시로 중첩되어 망막에 투사된다. 젊은 시절 작품 사진을 찍기 위해 아름드리 노송 앞에서 구도와 각도를 바꿔가며 수없이 셔터를 누르고 날 선 역광과 씨름한 적이 있었다. 숨을 가다듬고자 그늘이 드리운 밑동 곁에 앉자 비로소 온몸을 덮고 있는 거북등무늬가 보였다. 인고의 흔적이 만들어낸 외피 겹 조각들이 줌인 렌즈 속에 꽉 차도록 들어와 있었다.

지금까지 숱하게 그 많은 계절의 변화를 보내 왔으면서도 무엇을 보고 무엇을 보지 못한 것인지…. 베란다 날 망에서 허접한 중년 남자를 지켜보던 모악산이 가까이 왔다가 멀어져 가기를 반복하고 있다. 이 도시에서 가장 높다는 34층 고층 아파트의 렌즈에는 모악산 경치가 특별할까? 평생 아파트 팔 층 난간을 벗어나지도 못하면서 눈에 보이는 산마다 피사체로 만들기 위해 억지 부렸던 과거의 아집과 사연을 거대 도시가 서서히 삼켜가고 있다.

돌아다보면 높은 곳을 가고자 숨이 차면 금방 낮은 곳을 찾는 변덕쟁이였다. 나약함으로 곧추서지 못하고 꾸부정한 시선을 벗어나지 못한 자였다. 산의 정상은커녕 아래 숲길에서 헤매고, 때로는 가시덩굴처럼 얽혀진 불만의 굴레에 잡혀 몸부림친 적도 있었다. 이리저리 부산하게 서둘렀지만 달라진 것도 얻은 것도 없이 너무 겉돌았다. 이마의 주름들만 수없이 당기고 줄였던 줌인과 줌아웃의 흔적으로 굵고 두텁게 덧칠해져 있다.

삼천천에서 서늘한 바람이 불어와 작아졌던 눈을 슬슬 터치한다. 우물에 갇혀 사는 개구리가 언제쯤이면 고향의 산을 자유롭게 산행 할 수 있을는지…. 구순을 앞둔 아버지의 목소리가 거실에서 들린다. "여기는 전망도 좋고 남향이라 햇볕도 바람도 좋구나, 요 앞에 천변을 걷다 보면 건강에 최고여~" 차분히 가라앉은 톤이다. 평생을 주택에서 사셨는데 연로하다 보니 생활하기 편리한 아파트로 이사하여 살고 계신다. 답답해하실 것 같았는데, 이미 번잡한 줌렌즈의 화면을 진즉 벗어나서 당신의 중심을 천천히 되돌아보고 있는 것 같았다.

이재천 | 『월간문학』 수필 등단. 한국문인협회, 대표에세이, 아람수필문학, 표현문학회원.

모자

신삼숙

백화점 진열대에 모자가 줄지어 놓여있다. 색깔도 다양하고 모양도 가지가지다. 어떤 디자인으로 골라야 할지 감을 못 잡겠다. 휘 둘러 보지만 딱히 마음에 맞는 모자는 없다. 어쩌면 필요해서가 아니라 모자가 보여 멈춰 선 발길일 수도 있다.

요즘 모자가 보이면 그냥 지나치지를 못하고 슬금슬금 넘겨다보는 버릇이 생겼다. 딱히 사야 할 의사도 없으면서 기웃거린다. 여기저기 두리번거리다 시선이 머문 지점은 묘하게 남성 모자이다. "저 등산모 잘 어울리겠다." "어머, 저 중절모도 멋있네." 하며 중얼거린다. 그러면서 당장 구매해서 씌워줘야 마땅할 것 같은 압박감이 생긴다.

옷걸이 꼭대기에 모자 하나가 덩그러니 걸려있다. 회색의 체크무늬 천으로 만든 베레모이다. 남편의 유품을 정리하면서 모두 버리기가 섭섭해 하나쯤은 간직하려고 남겨둔 물건이다. 그가 애착을 갖고 자주 쓰던 물건이기에 왠지 치우기가 서운했다. 모직에 따뜻한 느낌이 들어서인가 병든 얼굴이 조금은 생기 있고 화사해 보였다. 하나쯤은 남겨두는 게 위안이 되지 싶었다. 베레모는 그를 멋있는 사람으로 만들었다. 칭찬에 서툰 나도 "잘 어울린다"라는 말로 추켜세우곤 했다. 그 말에 힘을 얻은 덕인지 모임이나 친구들 만나러 갈 때면 자주 사용했다.

남편은 머리둘레가 커 안 어울리지 싶은데 반듯한 이목구비 때문일까 잘 어울렸다. 모자는 그의 머리 위에서 존재감을 톡톡히 드러내며 빛을 냈다. 그래서인지 즐겨서 썼고 어떤 형태라도 잘 소화했다.

항암 치료를 받으면서부터는 외출 시에 필수품이 되었다. 빠진 머리카락 때문이기도 하지만 머리 보호 차원에서 많이 썼다. 여름에는 햇볕으로부터, 겨울에는 추위를 피하려 필요했다. 고르는 법도 까다로워졌다. 따듯함은 기본이고 천이 뻣뻣하다, 편안하지 않다 등 까탈을 부리며 트집을 잡았다. 그러면서도 모자를 만나면 관심을 보이며 그냥 지나치지 않았다. 아마도 초라한 자신의 모습을 머리 위에 변화로 가림막을 치고 싶었는지 모른다.

마음 좋은 사람은 인심도 후했다. 등산 모임에 쓰고 나가서는 빈 머리로 돌아오곤 했다. 가끔은 반강제로 빼앗기고 돌아와서 아쉬워하는 모양새를 보면 자기 물건을 지키지 못한 모습이 답답하기도 하면서 고소했다.

나 역시 가끔씩 모자를 잃어버린 적이 있다. 후한 마음 때문이 아니라 지키지 못해 잃어버리고 속이 상한다. 색깔이 고와 산 분홍색 선캡이 레일바이크를 타던 도중 날아가 버렸다. 얼마나 잊지 못했던지 며칠을 끙끙거렸다. 그때 남편의 모습이 겹치면서 마음이 편치 않았다. 사연이야 어찌 되었든 좀 더 너그러웠으면 좋았을 터인데 당시는 몰랐다.

때로는 모자 욕심 때문에 다툼도 있었다. 나는 새로 또 사려고 하면 여러 가지 이유를 대며 말렸다. 하지만 외출 후 그의 손에는 봉투가 들려 있다. "또, 샀어. 언제 다 쓰려고" 하며 빈정거렸다. 한번은 가죽 모자를 사 들고 와서 거울을 보며 들떠있는 모습을 보는데 애증이 교차했다.

남긴 물건을 치우면서 모자만 따로 모았다. 어디에 숨어있었는지 커다란 비닐봉지에 가득 모였다. '이렇게 많았구나' 하며 놀라웠다. 자취나 자국이 없어지는 게 서운하기도 하지만 역할도 하지 못한 채 버려지는 모습이 안타까웠다. 모자는 자기의 임무를 다하고 싶었을 터인데 주인은 기회를 주지 못하고 떠났다.

홀로 걸려있는 모자를 보면 회한의 눈물이 흐른다. 그의 삶을 찬찬히 둘러보며 불쌍하다는 생각에 마음이 아팠다. 가고 나니 귀한 사람이었음을 깨달았다. 좀 더 일찍 알았더라면 이해하며 잘해 주었을 텐데 사람이 가고 나서야 알았다. 모두 부질없는 짓이었는데 맞서며 상처를 냈다.

미련이 남은 나는 다른 가게로 발길을 돌려 차분하게 살펴보았다.

이 집은 더 다양하다. 각자 자신의 모습을 뽐내며 유혹한다. 애초에 내게 목적이 아니어서인지 건성으로 보고 있다. 기분이 어수선한 나는 다음으로 기회를 미루며 가게를 나왔다.

옷걸이에 쓸쓸히 있는 모자가 말을 건넨다.

"나를 이제 그만 보내주세요, 필요한 사람에게로"

신삼숙 | 『월간 문학』 수필 등단(2018년). 저서 : 수필집 『生, 푸른 불빛(공저)』 외. 한국문인협회, 대표에세이문학회, 강서문인협회 회원. E-mail : angella0303@naver.com

상범의 열정

정석대

"그라머 우리도 남의 토지 부쳐 묵고 살면 좋겠능교?"

강제로 끌려 돌아오는 열차 안에서 춘식이 아버지에게 바락바락 대들던 상범이의 모습은 오십 년이나 지난 지금까지도 잊히지 않는다. 다른 아이들은 고개를 숙이고 있었지만 상범이는 두 눈을 똑바로 쳐다보며 대들었다.

재경 동창회장에 선임된 상범이 기백만 원의 돈을 내놓았다. 출세한 놈의 어깨는 당당했다. 인생을 어떻게 살았는가?를 평가한다면 가방끈이 길다는 핑계를 내세워서 후한 점수를 받을 수 있을는지는 모르겠다. 그러나 재산으로 따진다면 동창회비 삼만 원 낼 돈도 부담스러운 나는 한참 잘못 살았다. 부동산 광풍이 휘몰아치던 시절에 같이 휩쓸리지 못하고 그들을 평가절하하고 주식 광풍이 쓰나미처럼 밀려오던 그때도 강 건너 불구경을 했다.

부자가 되는 것이 공부를 잘하거나 똑똑하다고만 해서 되는 것만이 아니라 추구하려는 열정이 있어야 한다는 것을 뒤늦게 깨닫는다. 아이러니하게도 오늘 상범의 으쓱거리던 어깨 짓을 보면서 아주 옛날에 놈의 열정이 우리와는 아주 다르다는 생각을 해 본 적이 있었다.

상범이는 초등학교가 학력의 전부다. 우리는 갑장으로 같은 고샅을 사이에 두고 자랐다. 가난한 것이야 다 그랬지만 유독 그는 항상 도시를 동경했다. 친척이 사는 도시에 다녀오면 도시 이야기를 실감 나게 잘했다. 흥미진진한 이야기를 침을 삼키며 들으며 꿈같은 도시를 상상하곤 하였다.

중학교 1학년 말이 다 되어 가는데도 수업료를 내지 못했다. 독촉을 받으니 학교에 가고 싶은 마음도 없다. 방과 후에는 꼴을 베거나 농사일을 거들어야 하는 것도 싫었다. 초등학교만 졸업하고 도시로 나간 성출이 형이 부러웠다. 일종의 치기배 같은 것이지만 사춘기의 반항심이 작용했던 것 같다.

같은 마을 갑장 다섯 명이 모여 도시로 나가자는 바람 같은 모의를 했다. 막연한 흠모였다. 당연히 주동자는 상범이었고 우리는 암묵적으로 따랐다. 음모와 계획은 단순했다. 돌아오는 금요일 해거름 녘에 각자의 집에 있는 씨 마늘 두 접씩을 챙겨 오기로 했다.

벼랑에 걸린 씨 마늘을 꺼내는데 죄책감으로 손이 떨려왔지만 상범의 다그치던 말에 힘을 낸다.

"인마 도시에 나가면 그깟 마늘 백 접도 더 사 가지고 온다."

난생처음 도둑질을 했다. 가슴이 두근거렸다. 이 마늘은 우리 집의 생계를 책임지는 종자 마늘이라는 것을 알기 때문에 죄책감 더 심했다.

어래산 땅거미가 안강 들판을 뒤덮고 동해남부선 저녁 기차가 기적을 울리는 어스름한 시간을 택해 흥덕왕릉 솔숲에 부엉이처럼 은밀하게 모였다. 나는 중국집 배달부를 해서 맛있는 자장면을 배 터지게 먹을 수 있을 거라고 마음이 부풀었다. 4일 9일 오일장이 서는 안강장은 가깝지만 마늘은 내다 팔기에는 위험하다. 안강역에서 기차를 탄다는 것 또한 어른들에게 쉽게 붙잡힐 수 있다. 이십 리 길을 더 걸어 어래산 너머 기계장에서 마늘을 팔고 오던 길로 다시 걸어 안강역보다 한 정거장 전에 있는 양자동역에서 기차를 타자는 것도, 신작로를 택하지 않고 어래산은 넘자는 것도 순전히 상범의 머리에서 나왔다. 어둠이 짙은 솔숲에서 각자 가져온 마늘을 등짐을 해서 짊어지고 돈키호테처럼 어래산을 넘기 시작했다. 전에 오소리를 잡으러 어른들을 따라 올라와 보기는 했으나 오롯이 산을 완전히 넘기는 처음이었다. 별빛이 발등으로 쏟아졌다. 돌부리에 걸려 넘어져 가며 밤새 산을 넘었다. 동무들은 아무도 말이 없었다. 얼마나 걸었을까? 졸음과 추위가 엄습해왔다. 어머니의 걱정스러운 얼굴도 떠나지를 않았다. 성공해서 돌아오면 된다는 다짐으로 위안을 삼았다.

수철이가 찔끔거리자 상범은 “우지 마라 슬픔은 잠깐이다”라고 격려했지만 나는 슬픔보다도 두려움에 울었다. 우리는 어둠 속을 밤새 걸어서 기계장터가 내려다보이는 산마루에 도착하여 날이 완전히 새기를 기다렸다. 배에서 꼬르륵 소리가 났다. 눈앞에 쇠파리가 날자 모두가 일어섰다. 쇠파리가 난다는 것은 날이 샌다는 증거다. 은밀히 산에서 내려와 장터에 도착했고 상범이 마늘을 모두 거두어 난장을 펴고 있는 도매상 아저씨에게 넘겼다. 아저씨는 아이들이 집에서 훔쳐 온 것이라는 것을 알면서도 헐값으로 쳐주었다. 우리는 장터를 바람처럼 빠져나와 다시 재를 넘었다. 밝은 낮 길이 밤길보다는 쉬웠지만 배가 고파 걸음이 허둥거렸다. 쉬운 신작로를 택하지 않고 마른 수수밭을 은폐물 삼아 들판을 걷고 도랑을 넘어 가시덤불을 헤치고 나갔다. 길은 앞날을 예견이나 하듯 험난했다. 우여곡절 끝에 넓은 안강 들판을 가로질러 양자동역에 도착하여 껌딱지 같은 기차표를 사서 정오에 떠나는 대구행 기차를 탔다.

지금쯤 마을에서는 다섯 명의 사내아이들이 밤새 사라져 버렸으니 난리가 났을 것이다. 화가 난 아버지의 모습이 어른거렸다. 기차에서 파는 과자를 보니 허기가 더 밀려왔다. 나는 상범에게 과자를 사 먹자고 말했지만 단호하게 거절당했다. 이 탈출이 무모한 것인 줄 깨달았지만 돌아갈 수도 없다. 이미 강은 건넜고 도둑놈이 되어버렸다.

몇 시간이나 왔을까? 차창에는 시골 풍경은 사라지고 큰 건물들만 보이기 시작했다. 말로만 듣던 도시로 들어선 것 같았다. 차장에 비치는 신비한 도시의 풍경을 넋이 나간 채 바라다보았다. 상상 속의 그 도시다. 어둑어둑해질 때쯤 목적지인 대구역에 도착했다. 더 멀리 갈 수도 없는 우리의 한계인 동해남부선 열차의 종착역이다. 쭈뼛쭈뼛거리며 집표소를 빠져나오자 역 앞에 펼쳐진 대낮처럼 밝은 도시의 웅장함에 정신을 차릴 수가 없었다. 미지의 두려움이 엄습해 온다. 채 몇 발자국이나 걸었을까? 호루라기를 입에 문 순경이 우리를 불렀다. 가뜩이나 겁을 먹은 우리들은 고양이 앞에 쥐처럼 떨었다. 오합지졸의 행색은 '가출 소년' 표시를 이마빡에 붙이고 있었다. 바들바들 떨며 역전 파출소로 잡혀가 장의자에 앉혀졌다.

무슨 죄를 지었을까? 마늘 두 접을 들고나온 절도죄, 부모 허락 없이 집을 나온 죄, 어느 법문의 조항에도 없을 공부 안 한 죄, 순경은 우리를 중죄인으로 만들었다. 모두가 겁이 나서 울었지만 울지 않는 아이는 상범이뿐이었다. 엄청난 훈계와 몇 장씩 반성문을 쓴 후에 나무 의자에서 쪽잠을 잤다. 우리는 이소를 실패한 새끼 새였다. 이튿날 연락을 받은 춘식이 아버지가 대표로 새벽 첫차를 타고 우리를 데리러 왔다. 집으로 돌아오는 열차에서 춘식이 아버지의 꾸중이 시작되었다. 모두들 고개를 떨구고 찔끔거렸다. 상범이만 어른 말에 대꾸한다고 야단을 맞으면서도 두 눈을 똑바로 쳐다보며 대들었다. 한날한시 한 곳에서 태어나고 한 우물의 물을 먹고 한 선생님께 배웠는데 달라도 너무 달랐다.

여기까지가 처음이자 마지막인 나의 가출 시도였다. 집으로 잡혀 온

후 다시는 가출 시도를 하지 않았지만 상범은 몇 번의 시도 끝에 기어이 도시로 나갔다. 세월이 흘러 어른이 되었다. 상범은 젊은 시절 포목점의 사환으로 일하다 가게를 이어받아 성공하여 누구나 부러워하는 큰 부자가 되었다. 지난날의 치기배 추억을 이야기하자는 것이 아니라 서두에 말한 무언가를 꿈꾸며 입이 마르도록 도회지 이야기를 해대던 상범의 열정에 관해서 하는 말이다. 춘식이 아버지의 꾸지람에 눈을 똑바로 뜨고 대들던 행동이 떠오른다. 꼭 돈으로 인생의 성공을 판별하는 것은 아니지만 육십의 고개를 넘겨 놓고 앞으로 백세시대를 살아가야 할 운명 앞에 추수를 끝낸 빈들을 바라보는 노농老農의 느긋함이 없다는 것이 문제다. 상범이 기백만 원의 돈을 내놓았을 때 회비 내기도 빡빡한 자신에 대해서 생각이 깊어진다.

정석대 | 『월간문학』 등단(2018년). 부천문학상, 광명문학상 수상. 저서 : 수필집 『이바구』(2020년도 우수도서선정). 대표에세이문학회원. E-mail : jungsukdae@hanmail.net

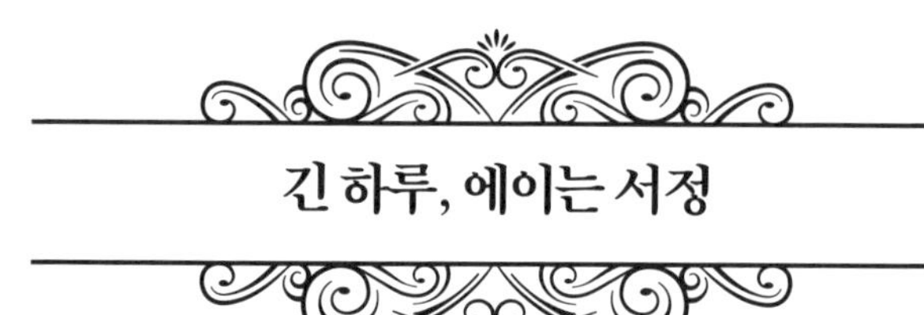

긴 하루, 에이는 서정

송지연

허공에 하얀빛을 머금은 몽실몽실한 구름이 휘영청하니, 목화솜이 부풀면 저리도 가붓할까. 창천蒼天이 성성한 빛 구름의 기세에 눌려 그만 낮게 숨어든다. 붓으로 그려낼 수 없는 오묘한 하늘의 기색에 한참을 넋 놓고 바라보다, 이내 작아지고 움츠러드는 삶의 현신이 초라하다. 무엇을 바라고 살아왔을까. 어제의 나와 지금의 나는 다르다. 또 내일의 나는 오늘의 내가 아님을. 아침 해가 베란다 창문을 조심스럽게 두드린다. 가득 퍼지는 노란 빛살에 고무되어 빗장을 슬며시 연다. 깨어나는 나무와 숲에 시선을 던지며 열리는 세상에 가만히 손끝을 올려놓는다. 하늘과 땅의 섭리 속에 내가 존재하거늘, 세상의 중심에서 비껴가는 아픔만 바라보느라 주변을 챙기기엔 역부족이었다. 젊은 날, 문득 깨달음의 순간은 있었다. 내가 아파서 자리에 누워도, 내가 잠시 자리에 없어도, 직장은 그대로 세상은 잘도 돌아가고 있었다. 그래도 늘 꿋꿋이 밀고 나갔다. 제자리만 지키는 것이 아닌 창의

적이고 독창적인 운용의 묘를 발휘하려 피나는 노력을 경주했다. 비슷비슷한 머리를 가지고 들어와 비슷비슷한 일을 하는데 좀 더 잘하고 싶었다. 그러나, 폐쇄적인 집단의 잣대는 녹록하지 않았다. 잘하는 것을 인정해주는 사람과 그 정도는 할 수 있는데 안 할 뿐이라고 냉소를 보내는 두 부류로 나뉘었다. 아무래도 직장 상사 입장에서는 아이디어가 뛰어나고 성실성이 돋보이는 후배가 바람직한 상像일 테지만 동료 입장에서는 먼저 치고 나가는 동료가 경쟁자일 뿐 곱게 보일 리가 없다. 동문 선배가 넌지시 충고를 해주었다.

"후배, 열정을 가지고 열심히 하는 건 좋은데, 옆에 있는 동료가 좀 부담스럽긴 해."

"아, 선배님! 복직하니, 일이 재미나고 아이디어가 샘솟아 더욱 잘하고 싶었어요."

"후배, 그러면 기관장 입장에서는 바람직한 모습일지 몰라도, 동년배들 사이에서 괜히 입에 오르락내리락하며 질시의 대상이 되는 수가 있으니 조심해."

6월의 더위는 한 줄기 바람이 숨어든 그늘에 서면 그런 대로 견딜만하다. 천변을 걷다가 커다란 왕벚꽃 나무가 흐드러지게 줄기를 늘어뜨리고 서 있는 아래 바위 위에 앉아서, 하늘과 물과 나무를 바라보며 사색에 잠긴다. 누구도 아직 하늘을 물을 나무를 돈 내고 보라고 하지 않는다. 다가올 미래에 지구를 떠나 우주에 나가서 사는 사람들은 아마 공짜로 볼 수 없을지도. 털여뀌나 서양톱풀, 종지나물, 고마리, 쇠뜨기, 삿갓사초가 들녘에 한창이다. 더운 여름의 기세가 들풀의 지난한 삶을 헤아려 볼 수나 있을까. 해도 비도 모로 꺾여서 들지는 않는다. 인위적인 장치를 하지 않으면. 삶에선 기쁨과 슬픔이 파고를 타고 넘나든다. 오늘 하루 별일 없이 지나가면 무엇을 또 바랄 것인가. 젊은 날에 겪었던 사랑의 비화悲話나 직장 생활을 하면서 가졌던 회의도 파편처럼 강물에 흩어져 버렸다. 퇴직 후에 오는 직업과의 별리는 무섭게 폐렴을 앓으며 떨쳐내야 했다. 고독은 과거와 절멸하는 인생의 소산이다. 고독이 폐부로 스며들 때 비로소 희로애락의 의미가 희미하게 갈파된다고 할까. 죽음이 임박해 와야 철이 든다고 하지 않았던가.

착각은 인간의 전유물이다. 잘나갈 때는 주변을 아랑곳하지 않다가 무언가 잘되지 않을 때는 책임을 주변에 전가하거나 하늘을 원망한다. 신이 인간에게 생각하고 행동하는 자유를 부여해 주었으니까 생각 나름이고 행동 나름이겠지만. 내 고통이 나 혼자만의 아픔이 아니고 주변에 미치는 파장을 보고, 그 상흔에 절규했다. 젊은 시절 부리던 오기는 그렇게 지킬 만한 가치가 있던 것이었을까. 대단한 성과를 내고 혼자서 빛날 때 우리 아이들은 엄마의 사랑이 부족하여 내심 외롭지 않았을까. 지나고 나면 아무것도 아니었음을. 잘 나가는 맛에 길들여지면 아래를 내려다보기 무서워 겁을 낸다. 아니 추락할까 두려워서 부둥켜안고 놓지 못하는 것일지도. 상처를 안고 있으면 그 상처가 덧날까 노심초사하였다. 그래서 더 일에 집중하였는지도 모른다. 일에서는 최고로 인정받고 싶은 욕구가 가슴 언저리에서 꿈틀대고 있었던 걸까. 모가 아니면 도라는 승부사적 기질이 있어서 그렇게 앞만 보고 달렸던 것이었을지도.

물 위를 지나가는 어미 청둥오리를 따라 새끼 오리들이 일렬로 나란히 물살을 가른다. 새끼들이 몸집을 불리는 계절이어서, 종종거리며 어미를 따라 노니는 작은 생명의 날개짓은 앙증맞다. 생사여탈을 거머쥐고 있는 어미를 거스를 수 없는 새끼의 운명은 어미의 깃 아래 보호를 받고 삶을 체험하며 서서히 몸에 익히고 있다. 그러나 동물의 세계에서 새끼의 일탈을 두고 어미가 제어할 시야는 인간만큼 넓지 않고 한정적이다. 어렵게 낳은 새끼를 쉽게 잃으며 어미는 바로 혼절할 정도로 아파한다. 그러나 그뿐이다. 바로 남은 새끼에게 열중하는 모습이 인간과 다르다. 잃은 새끼에 대해 어느새 잊어버리고 남은 새끼에게만 집중한다. 그 속을 자세히 알 수는 없지만. 인간만이 기억의 끈을 놓칠 때까지, 망각의 늪에 빠질 때까지, 아팠던 상황을 환기시키며 자신을 파멸의 길로 서서히 이끌 뿐. 고통에서 헤어 나오지 못하면 이승의 인연을 놓아 버린다. 물가를 거닐던 회색기러기는 양 날개를 펼치고 물가 바위 위에서 오뚝하니 외로웠다. 젖은 날개를 바람에 말리는지 전혀 미동도 없다. 다른 한쪽에선 청둥오리 부부가 물 위를 천천히 떠다니며 여유를 즐기기에 한량없다. 동물도 새끼가 없을 때는 한가하고 자유를 만끽하나 보다. 새끼가 있을 때는 항시 책임감이 가중되는 거니까.

해거름에 연한 장밋빛 노을이 산등성이에 살짝 걸쳐져 있다. 푸른 산은 성큼 앞으로 다가온다. 물소리는 더 커지고 차의 경적이 더욱 가깝게 달려온다. 주변 사물이 눈에서 점점 멀어지지만 자연의 소리는 더욱 가깝게 귓속을 파고든다. 가로등이 하나씩 켜지기 시작한다. 어두워진 거리의 낭만을 느낄 새도 없이, 달보다 밝은 빛을 주변에 낭자하게 뿌려댄다. 운치 있게 펼쳐지던 어릴 때의 하늘과 산의 어스름을 도무지 재현해 내지 못한다. 벤치에 잠깐 앉아 숨을 고르며 물가를 응시한다. 아기 오리 떼가 집으로, 물가의 모든 새도 둥지로 돌아가는 시간이 되니 거친 물결만이 잰 흐름으로 달려간다. 사색과 산책이 어우러진 긴 하루가 산책길 바닥의 표시등이 켜짐과 동시에 마감하려 하니, 주변 초목들의 웅성거림이 커진다. 우주 속에서 유영하는 짧은 세월 속에 오늘 선택한 긴 하루는, 나름의 여유와 낭만이 깃들어져 고독도 때론 깊은 사유를 동반하는 것임을 깨닫는다. 바닥 표시등에 아이들의 환한 얼굴이 하나씩 나타난다. 오늘도 긴 하루, 또 자식을 그리며 잘 마무리 해야지. 억만년 전에 생겨난 지구에서 한 점에도 못 미치는 존재의 긴 하루는 시원한 냉면 한 그릇 먹을 생각에 걸음이 바빠지며, 오늘 또한 금세 과거의 일로 돌아가리라. 무거운 상념 속에 가벼운 유희는 삶을 풍요롭게 하는 것임을.

송지연 | 『월간문학』 수필 등단(2019년). 한국문인협회, 대표에세이문학회원.
E-mail : s1prin@hanmail.net

갈피…

박용철

만원 한 장을 올린다. 왜 올렸는지는 잘 모르겠다. 문명의 파란 속에서 명맥을 유지한 문화재 후원인지. 가게 들어가서 간단한 거 하나 사주는 적선인지. 아님 오늘도 무사히를 기원하는 신앙인지.

어릴 적에 예배당에 다녔다. 시골 마을에도 교회는 있어 쉽게 다닐 수 있었다. 헌금은 10원씩 냈는데 안 내고 과자 사 먹은 날이 더 많았다. 성경 말씀도 흥미로웠고 성탄절 들뜬 분위기도 좋았다. 그렇지만 신이라는 존재에 의문을 품게 되면서 교회와 멀어지고 종교와 맥이 끊어졌다. 불교는 처음부터 정감이 약했다. 불상의 얼굴이 정서에 맞지 않아서이다. 통통한 뺨, 자연스럽지 못한 옷자락, 둘둘 말린 머리카락은 이질감을 느끼게 했다.

직장 생활을 할 즈음 등산을 시작했다. 나들이하는 기분으로, 운동하는 기분으로, 즐겁게 다녔다. 준비 부족으로 애먹은 적도 있었다. 한

겨울 눈 가득한 계곡을 오를 때였다. 하얀색 눈꽃이 한 잎, 한 잎 등산화 속으로 들어가더니 어느 순간 발바닥이 물컹해졌다. 등산화 풀고 양말 벗어 쥐어짜니 거무죽죽한 구정물이 주르륵 흘러내렸다. 탈탈 털어서 다시 신고 걸었다.

등산은 덤으로 교양도 높여주는 것 같았다. 산을 오르고 내릴 때 자연스럽게 들르는 절이 그렇다. 해인사, 상원사 등 유명 사찰을 대부분 지났기 때문이다. 대웅전 보고, 불상 보고, 사천왕 보면서 겉모습만 훑었지만 왠지 지식은 쌓이는 기분이었다. 그렇지만 예불 드리는 스님이나 불상 앞에 엎드려 절하는 불자의 모습은 공감하지 못했다.

미와 남한산성을 올랐다. 단아하고 날씬한 모습이었지만 작년에 배고픔 통증을 넘나들며 요양원과 병원을 밤낮없이 실려 다니더니 시들해지기도 했다. 요즘은 건강이 회복되어 낮은 산은 오를 수 있게 되었다. 약사사를 지나게 되었다. 산 중턱 전망 좋은 자리에 위치하고 있었다. 대웅전이 높은 곳에 자리하고, 오른쪽 아래 커다란 약사여래불*이 서 있다. 등이 굽고 느릿하게 움직이는 호호 할머니가 약사불 앞에서 기도한 후 걸음 한다. 미도 약사불 앞에 서서 한 장 꺼내더니 복전함에 넣는다. 기왕 보시하는 거 복 더 받으라고 한 장 보태 주었더니, 한 장이면 된다고 했다. 천천히 여러 차례 허리를 숙여 기도했다. 기도하는 동안 멀뚱히 서서 하릴없이 먼 산을 바라보았다. 적멸보궁, 대웅전, 독성, 칠성신, 산신을 지나서 튼튼한 지팡이를 짚고 서 있는 보살

* 약사여래불: 중생의 질병을 고쳐주는 약사신앙의 대상이 되는 부처.

앞에 섰다. 지장보살이라고 한다. 관세음보살은 들어봤는데 지장보살은 또 뭔가. 지옥에 있는 영혼을 모두 구제한 후에 부처가 되겠다고 하여 인기 만발한 보살이라고 한다. 매력적인 캐릭터다. 내가 만일 부처를 믿게 된다면 지장보살 때문일 것이다. 미가 지장보살을 한동안 물끄러미 바라보고 있기에 한 장 주면서 넣으라고 했더니, 괜찮다고 했다. 저승은 아직인가 보다. 불교는 석가모니를 정점으로 한 피라미드 구조로 짐작했는데, 각자 고유한 역할을 수행하는 다신교였다. 신이라고 하면 전지전능한 존재를 떠올려 막연했는데, 다양한 신들이 구석구석을 찌르니 어디 한 군데 꽂힐 것 같기도 하다. 교회에서 하나님이 있는데 굳이 성부 성자 성령을 등장시킨 이유도 알 것 같았다. 그 사이 약사불 앞에서 기도하던 할머니는 천 원짜리 여러 장 들고 천천히 한 바퀴 돌면서 우리 쪽으로 다가오고 있었다. 걸음걸음이 천상을 향한다. 절에서 바라보는 경치가 삼삼하다. 정상으로 오르는 능선과 계곡은 녹색 숲으로 수북하다. 숲 너머에는 재건축으로 약동하는 도시가 싱그럽다.

불교에 관심이 생기면서 산에 대한 이해도 넓어졌다. 그동안 무심코 지났던 봉우리가 새롭게 다가왔다. 공자봉 맹자봉은 없어도 비로봉 관음봉은 있다. 퇴계봉 율곡봉은 없어도 원효봉 의상봉은 있다. 영혼을 향한 간절한 소망은 신령스러워 보이는 봉우리에 투영되었던 것이다. 유교의 핍박에도 불교가 건재한 이유를 알 것 같았다. 등산에 새로운 즐거움이 생겼다. 절을 지나게 되면 대웅전인지 극락전인지, 칠성

신인지 산신령인지 살펴보는 것이다. 역시 문화는 아는 만큼 보인다. 문화 말이다.

영월 장산에 오른다. 봉우리는 높고 골은 깊어 발길이 뜸한 곳이다. 잠시 숨을 몰아쉬니 호젓하게 자리한 망경사가 자태를 드러낸다. 아담한 대웅전 위로는 산신각이 자리하고 있다. 산신각 뒤로 이어지는 산길을 살펴보니 우거진 숲은 해를 가려 대낮인데도 어둑하다. 어둑한 숲은 습해서 계곡도 아닌 능선에 녹스름한 이끼가 그득하다. 이끼 그득한 마루금은 그저 휘휘한 바람뿐이다. 뱀 지나다니기 좋은 날이다. 산신각을 지나다 문을 살짝 열고 안을 살핀다. 산신령이 궁금해서 살며시 들어가서 바라본다. 호랑이를 살포시 안은 친근한 미소가 험한 산세로 거무죽죽해진 불안한 마음을 털어주는 듯했다. 문화재 후원인지, 적선인지, 신앙인지 잘 모르겠다. 산신령 앞에 만 원 한 장을 올려놓는다.

박용철 | 『월간문학』 수필 등단(2019년). 한국문인협회, 대표에세이문학회 회원.

순례

권 은

창밖으로 하얀 설산이 보인다. 걸어서는 도저히 오를 수 없을 것 같은 높고 험한 산 위에 털 구름이 걸려있다. 히말라야의 뾰족한 산들을 배경으로 한 소녀가 동생들과 수줍게 웃으며 양들을 돌보고 있다. 배경으로 나오는 히말라야의 청정 자연이 주는 깨끗하고 명징한 색깔이 일상이 되어버린 도시의 회색빛과 대비되어 내 눈을 끈 것이다.

TV 다큐멘터리 〈순례〉를 보았다.

이름이 왕위라는 소녀, 티베트의 찬바람과 햇빛으로 발갛게 양볼이 터지고 눈동자는 까매서 순수해 보인다. 잘 먹고 햇볕에 그을리지 않고 사는 우리들의 허여멀건한 피부보다는 거칠어도 생기가 느껴져 좋았다. 우리가 살았던 6, 70년대의 모습 같아서일까. 낯설지가 않다. 아름다운 설산 아래 양들을 돌보며 웃고 있는 왕위 가족들은 가난해도 행복해 보인다.

왕위는 16세. 고등학생이다. 부모님과 아래로 남동생 셋과 여동생이 있다. 여동생은 도시에서 가정부 일을 하며 학교에 다니고 큰 남동생은 수도원에 들어가 스님이 되었다. 자식들을 다 키울 수 없어 부모가 어쩔 수 없이 더 잘 먹고 공부도 할 수 있는 수도원으로 보낸 것이다. 왕위도 도시에서 가정부 일을 하며 학교에 다니다 주인이 학교를 제대로 보내지 않고 일만 시켜 다시 집으로 돌아왔다.

왕위의 가족은 양들이 재산이다. 하지만 그 양들도 가끔 설산에서 내려오는 눈표범의 희생물이 되곤 한다. 왕위는 그 양들을 돌보며 학교에 다니고 있다. 학교를 마치면 진로를 결정해야 한다. 하지만 그곳에서는 가축을 키우며 겨우 먹고사는 것밖엔 안 되니 그렇게 살 수가 없다고 다른 곳에서의 미래를 꿈꾼다. 시골을 떠나 도시를 동경하고 막연히 도시로 가고 싶어 하던 나의 어린 시절과 닮았다.

왕위가 가장 좋아하던 친구 까르장도 결국 스님이 되기 위해 떠났다. 왕위에게 잡지를 오려 만든 해외 스타들 스크랩북을 건네주고는. 우정의 표시로 그 책을 간직하던 왕위도 고심 끝에 스님이 되기로 결심한다. 이제 친구와 사랑하는 동생들과 부모와도 이별을 해야 한다. 양과 동생들을 돌보며 행복했던 소소한 기쁨과 친구와 나누던 좋은 시간들과 엄마가 해 주던 맛있는 음식과도. 안녕, 나의 소녀 시절이여.

스님이 되고 나서 첫 순례길, 함께 가는 비구니가 왕위를 챙겨주며 일행 중 왕위가 가장 어리다고 걱정스러운 눈빛으로 바라본다. 그녀는 순례하고 있는 이 과정을 패드 야트라(발의 여정)이라며 걷는 게 수행이라고 말한다.

"걷는 게 수행이에요?"

묻는 왕위에게 이 수행에서 가장 중요한 것이 세 가지라고, 첫째도 인내, 둘째도 인내, 셋째도 인내라고 말한다. 빙판 위 짐을 실은 당나귀가 미끄러지고 스님들도 너도 나도 미끄러지며 다시 일어나 길을 간다. 왕위는 걷다 지쳐 쓰러진다. 같이 가던 승려들이 왕위를 깨우고…. 다음은 삼보일배이다.

"우리가 어디로 가는지는 중요하지 않아요. 그저 앞사람의 뒤꿈치를 보며 발자국을 따라갈 뿐이에요. 그 과정이 중요한 거지 목적지가 어딘지는 중요하지 않아요. 왜냐하면 내가 선택한 길이니까요."

왕위의 말이 메아리가 되어 자꾸 내 귀를 때린다. 화가 났다.

'도대체 목적지도 모르면서 길을 가고 있다고! 그 추운 빙판길을 앞사람만 보고 가다니, 말도 안 돼!'

이것은 순례라는 이름의 억압이 아닌가 하는 생각이 들어 너무 불쌍했다.

'왜 굳이 저렇게 하며 살아야 하나.'

반감도 들었다.

이팔청춘이라는 아름다운 나이에 순례라는 명목으로 자신의 삶을 희생하는 소녀를 보며 경건하다고 생각할 수만은 없는 일이었다. 인내를 통해 얻어지는 수행, 그것을 얻기 위해 끊임없이 길을 걸으며 삼보일배를 한다.

'도대체 그 길 위에서 무얼 깨달아야 하는 걸까.'

깨달음을 얻기 위해 그 많은 시간과 고통을 견뎌내야 하는가. 왜 저 소녀는 일생의 낭만과 행복을 다 포기해야만 하는가. 가난이, 가족이, 국가가 아닌 자신의 선택이 과연 그렇게 했을까.

엔지니어가 되고 싶어 하던 소녀는 왜 지금 저 길 위에서 보이지 않는 신을 위해 고행을 해야 하는가. 그냥 도시로 나가 엔지니어가 되기 위해 노력하면 뭐라도 되어 있지 않았을까. 그리고 친구들과 깔깔거리며 놀고, 연애하고, 결혼도 해서 평범한 가정을 이루며 사는 게 더 행복한 건 아닐까.

살아가면서 느끼는 감정이 슬픔, 포기, 인내, 아픔, 절망보다는 기쁨, 설렘, 성취, 그리움, 희망 이런 게 더 많아야 행복 아닐까. 우리가 어린 시절의 아픔을 견디며 살아가는 것도 미래에 대한 막연하지만 지금보다는 더 나을 거라는 희망 때문에 살아가고 있는 게 아니던가. 그런 세속의 즐거움을 고행을 통해 씻어내는 수도자들이 얻는 건 무엇일까? 평온, 해탈, 내세에 대한 희망일까. 현세가 행복하지 않으면 내세는 행복할까. 행복이란 단어도 우리가 겪은 경험을 통해서 만들어지는 건가. 여러 가지 의문을 품게 하는 장면들이었다.

그런데 그들의 수행이 우리의 삶과 너무나 닮아있다. 하늘에서 비춰주는 마지막 장면은 저 높은 설산을 넘어야 하는 순례 길의 험난함을 통해 우리 인생길을 보여주는 것 같았다. 가도 가도 끝이 없을 것만 같은 그 먼 길을 가면서 미끄러지고 다치고 힘들어하는 길. 아름다운 풍경 속에 숨어있는 순례의 고단함과 인생이라는 삶의 여정.

그 여정이 우리의 삶과 무엇이 다르단 말인가. 목적도 없이 어디로 가는지도 모르며 살아가고 있는 우리들의 삶이 저 순례 길에 고스란히 투영되어 내 눈을 적신다.

"어디에 있든, 넓은 길을 걷든, 좁은 길을 걷든, 살아있는 날들은 순례입니다."

자막이 말한다.

나는 지금 어디서 어디로 가고 있는가. 나는 지금 어디쯤 가고 있는가.

오늘도 나는 나에게 주어진 하루의 순례를 마치고 집으로 향한다.

그런 나를 멀리 달빛이 아련히 비춰준다.

권 은 | 『월간문학』 수필 등단(2020년). 한국문인협회, 대표에세이 회원.

모든 이의 아침

이광순

러시아 여행 중에 모스크바에서 샹트페테르부르크로 가는 시베리아 야간열차를 탔다. 우리가 머문 곳은 2등 칸이었다. 한 칸에 2층 침대가 양쪽으로 놓여있어 네 명이 잘 수 있었다. 실내는 생각보다 깨끗하고, 침대는 하얀 시트가 씌어 있었다. 테이블에는 흑색 빵과 러시아 맥주 발티카도 놓여 있었다.

친구와 나는 한쪽에 놓인 2층 침대를 쓰기로 했다. 맞은편 침대는 젊은 금발의 외국인 한 쌍이 쓰고 있었다. 침대 칸 문을 열고 나가면 긴 복도가 있고, 밖으로 창이 나있어 바깥 풍경을 볼 수가 있다. 밖은 가도 가도 구릉 하나 보이지 않는 들판이다. 자작나무 숲이 시작되었나 하면 그 숲도 한참을 지나야 끝을 볼 수가 있다. 열차는 쉬지 않고 잠자는 땅을 향해 열심히 달아나고 있었다.

어둠이 내려앉는 자작나무 숲은 며칠 머물던 이르쿠츠크 통나무 집 자작나무 숲과는 또 다른 풍경이다. 한여름이어도 아침저녁으로는 10

도 안팎으로 떨어지는 그곳의 자작나무 숲에서는 하루 종일 하얀 나무줄기에서 일어나는 잉잉거리는 바람소리를 들을 수 있었다. 숲을 거닐면 햇빛이 떨어지는 나뭇잎 사이로 하늘하늘한 향기가 났다. 그런데 달리는 열차 안에서 빠르게 지나가는 자작나무 숲은 왠지 모를 슬픔을 자아낸다.

열차 안에서의 밤은 길었다. 친구와 거칠지만 구수한 맛이 나는 흑색 빵을 안주 삼아 마시던 발티카의 맛은 기대 이상이었다. 평소 마시던 맥주보다 도수가 높은 발티카는 마실수록 새로운 맛이고, 한 캔만으로도 이미 가슴이 출렁이고 있었다. 그때 연신 팝콘처럼 터지던 친구 영희의 웃음을 기억하면 지금도 혼자 웃곤 한다. 맞은편 자리의 젊은 연인들은 스웨덴에서 왔단다. 밤새 아래, 위로 헤어져야 하는 것이 못내 아쉬워 자꾸만 침대 위를 오르내리는 그들의 모습을 보고 우리의 웃음은 그칠 줄 몰랐다.

다음 여행 일정을 위해 잠들어야 하는 시간이 왔다. 2층 침대 위로 올라와 누웠다. 하얀 베갯잇에 얼굴을 묻으니 낯선 냄새가 밀려오고 멀리 이국에 와있다는 느낌이 서글픔을 몰고 온다. 수런거리던 주변도 조용해지고 이따금씩 덜컹대는 열차 바퀴 소리를 들으며 잠이 들었다.

설핏 잠을 잤을까? 밖에서 어수선한 소리가 들리는 듯해 잠에서 깼다. 나도 모르게 벌떡 일어나 복도로 나왔다. 넓은 창문 앞에 사람들이 서 있었다. '무슨 일이지?' 하고 나가보니, 아! 달리는 초록 숲에 걸쳐진 안개 띠 위로 붉고 큰 해가 떠오르고 있었다. 순간 덜 깬 잠으로 멍했던 정신이 확 깨었다. 안개를 헤치고 서서히 하늘에 자리 잡는 해오름이 파노라마 영상으로 가슴을 태웠다. 이런저런 모습으로 떠오르는 해를 본 적이 있지만 그저 '멋지다' 정도의 느낌이었는데 달리는 열차 안에서 마주한, 광활한 들판에서 떠오르는 해는 지금까지 내가 경험한 최고의 장면으로 그 순간 나도 모르게 뭉클한 감동으로 울컥 눈물이 흘렀다. 여여如如한 자리. 빛의 귀환으로 어둠에 감추어졌던 주변의 형상들이 살아나는 모습을 지켜보았다. 늘 그대로의 모습으로 해가 하늘에 자리를 잡자 애초에 빛만 존재했을 뿐 어둠은 없었던 듯 환한 숲들이 휙휙 달려가고 있었다.

한동안 해오름을 바라보며 혼자만의 생각에 빠져 있다가 정신을 차리니 열차 복도에는 많은 사람이 웅성거리고 있었다. 모두 이 황홀한 광경을 보고 있었던 것이다. 그 사람들, 얼굴 색도 다르고 언어도 다른 우리는 함께 이 광경을 보았다는 사실만으로 와우 와우~ 손을 흔들었다. 전혀 본 적이 없었던 사람들이 마치 함께 여행을 해 온 사람들 같은 그런 가벼운 사이가 되어 있었다.

아침이 게으른 나는 여행을 다녀도 일찍 일어나서 움직이는 일을 아주 싫어한다. 당연히 해돋이를 보기 위해 일부러 여행을 간다든지 아니면 여행 중에 해돋이를 보기 위해 일찍 서두르는 일은 한 번도 해본 적이 없다. 해는 매일 떠오를 것이고, 굳이 의미를 부여해가며 해돋이를 봐야 할까 싶었던 것이다. 그런데 러시아에서 그것도 열차를 타고 가다가 우연으로 마주한 해돋이를 본 이후에는 일부러 해돋이를 보러 떠나는 일정이 특별한 의미가 될 수 있겠다는 생각이 든다.

하룻밤을 지낸 열차 안에서의 시간은 내게 앞선 며칠 동안의 여행 시간만큼 길게 느껴졌다. 특히 광활한 지평선에서 떠오르는 해를 마주하고 이방의 사람들과 서 있던 자리에서 느꼈던 그 느낌은 특별했다. 세상 모든 사람의 아침은 매일 이렇게 숭고하게 뜨고 있었다는 것을, 그 빛이 소중한 하루를 만든다는 것을 알게 되었다. 그리고 여행 오기 전에 애면글면 살고 있었던 시간들이 얼마나 하찮고 사소한 것인지, 끊어진 인연으로 며칠 동안 가슴앓이를 했던 시간이 얼마나 부질없는 것인지 깨달으라는 해의 우렁우렁한 소리를 들은 듯하다. 소유하려 하지 말고 그저 스쳐 지나칠 수도 있어야 한다는 것을….

한나절을 더 달려 마침내 우리는 내릴 때가 되었다. 같은 칸을 썼던 사람들과도 복도에서 만났던 사람들과도 나머지 여행 무사히 즐겁게 보내라는 인사를 나눴다.

풀어놨던 짐 속에 하룻밤 인연들을 쟁여 넣고 배낭을 쌌다. 어깨에 짊어진 무거운 배낭의 무게가 가벼워진 것 같았다.

이광순 |『월간문학』 수필 등단(2020년). 삶의향기 동서문학상 수상. 한국문인협회, 대표에세이, 동서문학회 회원. E-mail : anatta56@hanmail.net

구의동에서 만난 시인

김혜리

코로나19 이후 많은 것이 바뀌었고, 그중 하나는 동선이다. 사람 많은 곳에 가지 못하는 시간이 길어지니까 나같이 집에 있길 좋아하는 사람도 답답하긴 마찬가지다. 그러다 보니 사는 곳 주변을 반복적으로 산책하게 되었는데, 덕분에 동네 구석구석을 살피며 생각지 못했던 소소한 풍경을 보기도 한다. 내 주변에 좁지만 아늑한 느낌이 드는 골목길이 이렇게 많은지도 처음 알았고, 그 길 사이에 숨겨지듯 자리한 카페와 식당을 찾는 것도 재미난 일이라는 걸 깨달았다. 바쁘게 큰길로만 다닐 땐 알 수 없던 즐거움이다. 힘든 시절이 주는 역설이라고 해야 할까.

주말에 천천히 걸어서 강변역과 구의동 주변까지 갔다. 한 아파트 단지 근처를 걸어가는데, 마치 시화전을 하는 듯 그림에 시가 쓰인 액자가 길을 따라 줄줄이 걸려 있었다. 별생각 없이 눈으로 훑으며 지나치는데 문득 한 시인의 이름이 눈에 띈다.

황금찬 시인, 시는 몰라도 그를 직접 본 적은 있다. 엄마는 시인으로 등단하려고 공부하는 사람이었다. 이른 결혼과 육아, 가사에 묻혀 끝내 목표를 이루진 못했지만…. 시를 좋아했던 엄마는 어린 나를 데리고 명동의 카페에서 열리는 시 낭송회에 가끔 가곤 했다. 80년대 중반만 해도 그렇게 시인과 문학 애호가들이 모여 시를 낭송하는 모임이 많았다고 한다. 옛날 다방 특유의 어두침침한 실내에서 사람들이 돌아가면서 뭔가를 발표하고, 어른들 틈에 낀 나는 과자를 집어 먹으며 주위를 두리번거리던 기억이 난다. 다 끝나고 집에 갈 무렵 여러 사람의 호위(?)를 받은 채 사람 좋은 웃음을 지으며 나서던 머리숱 적은 할아버지를 보았다. 그가 황금찬 시인이라고 엄마가 말해주었다.

시인 지망생이었으니 당연했겠지만, 엄마는 책을 참 좋아했다. 집에는 늘 책이 뒹굴었다. 작은 책꽂이는 이미 시집과 동인지로 그득했고, 미처 자리 잡지 못한 책들은 좁은 집 어딘가에 쌓여있거나 펼쳐져 있었다. 동인지에는 엄마가 쓴 시도 있어서 나는 뜻도 모르고 읽었다. 표지가 예쁜 책은 내 장난감이 되었고, 조금 '있어' 보이는 외국 시인의 책은 그 제목을 외워두었다가 적절한 순간에 아는 척을 하곤 했다. 내용도 모르면서 제목만 아는 작품, 이를테면 보들레르의 시집 『악의 꽃』이나 T.S. 엘리엇의 시 『황무지』 등을 기억하는 건 그 책들이 어린 시절 내 놀잇감이었기 때문이다. 구의동 시화전을 보고 문득 떠올린 어린 시절의 한순간, 어쩌면 나는 그렇게 책을 가지고 놀면서 자연스럽게 글과 친해졌을지도 모른다고 생각했다.

황금찬 시인의 「행복」이라는 시는 그날 구의동 길거리에서 처음 보았다. 시를 썼던 엄마와 달리 산문 쪽인 나는 시 앞에선 그야말로 까막눈이 되어버린다. 같은 문학인데도 어쩜 이렇게 다를 수가 있는지, 도대체 무슨 뜻인지 몰라 시가 두렵기까지 할 정도다. 그래도 어린 날 한번 보았던 인자한 미소의 할아버지가 쓴 시라고 하니 유심히 보게 된다.

> 밤이 깊도록/ 벗할 책이 있고/ 한 잔의 차를 마실 수 있으면 됐지/ 그 외 또 무엇을 바라겠는가/ 하지만 친구여/ 시를 이야기할 수 있는/ 연인은 있어야 하겠네…(후략)
>
> – 황금찬, 「행복」 중에서

가끔 글을 쓴다는 것에 대해 생각한다. 글은 혼자 고뇌하면서 힘들게 써나가는 나만의 작품 같지만, 결국 누군가 읽어주지 않으면 그것이 존재하는 의미는 옅어진다. 반응이 없는 글을 계속 쓰기란 어렵다. 그렇다고 읽는 사람을 의식해서 쓰다 보면 자칫 인공의 냄새만 진한 조화를 만들어 낸 느낌도 드니, 그 적정선을 찾기가 참 쉽지 않은 듯하다.

글을 읽는다는 것 또한 온전히 혼자만의 일은 아닌 것 같다. 읽고 난 후 혼자의 감상에 빠진 시간도 소중하지만, 감동이 오거나 혹은 실망스러운 느낌이 떠다닐 때 누군가와 함께 이야기하며 정서적 교류가 이어진다면 그 글을 제대로 소화했다는 안도감이 들기까지 한다. 그러고 보니, '시를 이야기할 연인'이 필요하다는 저 시구가 가슴에 와닿는다.

황금찬 시인을 검색해본다. 1918년에 태어나서 2017년에 세상을 떠났다고 적혀 있다. 한국 나이로 꼭 100세 되는 해에 가신 것이다. 내가 보았을 때도 이미 칠십이 다 되는 원로 시인이었다는 건데, 그가 쓴 몇 줄의 시를 이제 마흔두 살이 되어서야 처음 읽는다. 어린 시절 명동 다방으로부터 몇십 년의 시간을 뛰어넘어, 여기 구의동에서 그를 다시 만난 것 같다. 작품이 작가와 독자를 연결한다는 건 바로 이런 의미인가 보다. 시간이 흘러 글 쓰는 사람이 된 나는 이제야 그의 언어를 만나고, 조금쯤 알아듣는다. 어쩌면 나 혼자만의 느낌일지도 모를 작은 감동에 빠져서, 감히 약간의 동질감도 느끼며 뒤늦게 그의 시 앞에서 생각에 잠긴다.

김혜리 | 『월간문학』 수필 등단(2021년). 한국문인협회, 대표에세이, 참좋은문학회 회원. 홍익대학교 사범대학 국어교육과 졸업.

인연

허복희

구름산* 둘레길을 걷다가 넘어졌다. 바쁜 일상 속에서 앞만 보고 빨리 걷는 것이 습관이 되어 한적한 숲길에서조차 서두른 탓이다. 발목을 잡은 것은 산책로를 가로지른 칡넝쿨이다. 상처가 나지 않았을까 무릎을 살피려고 바위에 걸터앉았다.

내 발이 걸린 칡넝쿨은 바위 아래서부터 길게 자라 이리저리 뻗어 있다. 넝쿨의 줄기는 나뭇등걸을 타고 오르기도 하고 주위 바닥을 이불처럼 덮기도 하였다. 아이들이 숨바꼭질하기 좋게 빙 둘러 담을 친 곳도 있다. 주변과 어울린 모양새가 다정다감해 보인다. 나는 선뜻 누군가와 쉽게 친해지지 못한다. 모두와 자연스레 잘 어울려 지내는 듯 보이는 칡넝쿨이 부럽다.

칡은 먹을 것이 부족하던 시절에는 허기를 달래주던 식물이다. 한방에서는 해열의 효과가 있어 약재로 쓰이고 즙을 내어 먹으면 갱년기

* 구름산: 경기도 광명시에 있는 산.

여성에게 좋다 한다. 칡꽃은 차로 이용되고 뿌리는 녹말이 많아 죽을 끓여 먹는다. 껍질은 벽지로 이용된다고도 한다. 칡 향이 가득한 집안이라니, 상상만으로도 상쾌함이 느껴진다.

뿌리부터 꽃잎까지 어느 것 하나 버릴 것 없는 칡이지만 주변 식물의 양분을 모두 빼앗아 주변을 황폐하게 만든다. 칡넝쿨이 감고 오르면 나무는 충분히 자랄 수 없고 과실을 맺을 수 없다. 무성한 잎은 햇빛을 가린다. 줄기는 촘촘하게 발을 내리며 타고 올라온다. 다정함 뒤에 숨겨진 칡넝쿨의 이기적인 습성 때문에 넝쿨에 감긴 나무는 힘겹다. 스스로 벗어버릴 수가 없어 참고 견디는 나무에 마음이 쓰인다.

칡넝쿨을 따라 시선을 옮기다 보니 어릴 적 텃밭에 자라던 호박 넝쿨이 떠오른다. 호박 넝쿨은 서로 엉킨 채 텃밭 전체를 뒤덮었다. 지지대도 소용없이 옆집 장독대를 내려덮은 넝쿨도 있었다. 옆집을 너저분하게 했지만 미안함에 그쪽에 달린 호박은 따 먹으라고 하던 인심이었다. 꼬인 실타래만큼이나 복잡해 보였지만 호박이 잘 열린 것을 보니 꼬임과 엉킴도 다 이유가 있었다.

칡넝쿨은 서로 마주보기도 하고 나란히 가기도 한다. 단 한 번의 엉킴으로 끝나 서로 다른 곳을 향하기도, 가던 길을 돌아서 다시 엉키기도 한다. 사람의 인연만큼이나 복잡하다.

오랫동안 함께 할 수 있을 것 같았던 사람과의 헤어짐은 아쉬움과 여운을 남긴다. 이랬더라면 어땠을까? 저랬더라면 어땠을까? 최선을 다하지 못했던 것은 아닐까 후회도 한다. 수많은 상황을 가정하며 다시 한번 좋은 관계로 회복하고 싶을 때도 있다. 하지만 넝쿨 같은 인생은 인연의 길이만큼 만나고 헤어진다. 힘들게 매어 놓아도 헤집고 나갈 인연은 기어이 헤집고 나간다.

성장은 아픔을 양분으로 한다. 넝쿨을 걷어내면 넝쿨의 그늘 속에 자라던 생명에게 따뜻한 햇볕이 찾아들듯, 마음의 상처에도 새살이 돋을 터이다.

행여 나로 인해 넘어지거나 다친 인연이 있을까 조심스럽다. 돌아서야 할 길에서 머뭇거리진 않았는지. 떠나보내야 할 관계에 연연하진 않았는지. 나의 욕망에 대한 집착으로 남을 넘어뜨린 적은 없었는지 되돌아보게 된다.

찬찬히 내 속마음을 들여다보며 남은 둘레길을 돌기 위해 자리에서 일어선다. 언제쯤이면 나를 힘들게 한 인연까지도 그래그래 고개 끄덕여주며 남의 엉킨 인연마저 풀어줄 수 있는 아량이 생길는지. 칡넝쿨에 걸려 넘어진 황당함이 오히려 나를 되돌아보는 계기가 되었다. 나도 남도 넘어지지 않는 고운 인연의 넝쿨, 함께 오래오래 같이 하고 싶은 인연, 나의 부족함을 채워 너와 내가 상생하는 관계의 넝쿨이 되길 소망하며 나를 넘어뜨린 칡넝쿨을 들어 제 길을 가도록 옮겨 놓는다. 햇빛이 짱짱하고 마음이 홀가분하다. 칡넝쿨이 잘 가라는 듯 바람에 살랑살랑 흔들린다.

허복희 | 『월간문학』 수필 등단(「동행」, 2021년). 한국문인협회, 대표에세이문학회 회원. E-mail : gjqhzl@nave.com

'코·로·나'의 별난 해설

오대환

COVID-19를 그냥 하는 말로 '코·로·나'라 써놓고 이리저리 둘러보니 재밌는 생각이 떠올랐다. 코로나는 숨통의 길목 코와 아주 깊은 관계가 있다. 코로나가 코로 들어가면 정말 큰일 날 일이다. 코로나 대유행의 냄새 맡고도 콧방귀 뀐 코 큰 나라들이 지금 코피를 쏟고 있다. 거짓말하면 코가 빨개진다는 우리 속담처럼 코로나 진원지를 숨기려 했던 거짓말도 속속 드러나고 있다.

영어 Corona는 균체의 모양에서 유래된 이름 같다. 그런데 한글로 쓴 '코·로·나'는 그 병균의 감염경로와 직결된 이름이다. '코는 호흡기 코(鼻)를 말함이요, 로(路)는 코로 지나는 숨통의 길목을 이름이요, 나는 나(我)말고는 지킬 수 없다.'라고 써 놓고 보니 깜짝 놀랄 만큼 어울리는 말이다. '코(鼻)로 나를 만나면 정말 큰일 난 거야!' 아마도 코로나가 하고 싶은 말이 아닐까 싶다.

코로나 감염 증상이 하도 다양해서 한두 개 콕 찍어 말할 수는 없지만 가장 뚜렷한 증상 중 하나가 후각 상실이다. 그러기에 끼니 때마다 집사람이 문진을 한다. 청국장이나 생선 냄새를 맡을 수 있는지? 입맛을 아는지? 묻는 게 일상이 되었다. 아무리 조심한다 해도 언제 어디서 감염될지 모를 현실이고 보면 가족이야말로 핵심 점검 대상이 아닐 수 없다.

한편, 코 큰 사람들 사는 나라는 코로나에 코피 터진 모양새다. 그 콧대 높던 미국도, 선진문화 유럽도 체면이 말이 아니다. 반면, 우한이 코로나 발원지로 지목 받던 중국은 자유를 억압해서 방제를 했건 어쨌건 잠잠하다.

코(鼻)로 나(生)는 냄새(낌새)를 무시하지 말라는 무서운 경고이기도 하다. 애초에 발원지가 중국 우한이라고 소문이 자자할 때 재빨리 손 쓴 나라들은 K-방역과 비할 바가 아니다. 뉴질랜드, 대만, 싱가포르와 베트남 등을 보면 알 수 있다.

큰 코 달고 콧대 높인 체면치레 대가를 톡톡히 치르고 있다. 마스크 아무렇게나 쓴 아메리칸, 마스크 우습게 본 유러피언은 그들의 코가 커서 코로나가 놀기도 좋았나 보다. 코로나 앞에 납작 엎드려 마음가짐 다듬은 나라는 큰 화를 면했지만 오만방자했던 나라 사람들은 지위 고하를 막론하고 망신을 당했다. 딸 같은 젊은 여자 데리고 사는 트럼프나 엄마 또래 연상 부부 마크롱, 지위 고하 막론하고 본때를 보였다. 공평이란 이를 두고 말함이리라.

아마도 유사 이래 어느 한 사건이 인류에게 이토록 큰 영향을 끼친 적은 없는 것 같다. 총 한번 쏘지 않고 전쟁보다 훨씬 더 큰 피해를 주고 있다. 코로나 이후 세계 질서가 어떻게 재편될지 예상하기도 어렵다 한다. 어쨌거나 코(鼻)와 코로나의 관련된 생각 몇 가지를 정리해 보고자 한다.

우선, 우리 속담에 "거짓말하면 코가 빨개진다."라고 했다. 코로나를 감추고 눙치며 거짓말하면 언젠가는 뻥 터지는 시한폭탄이란 사실이다. 과학이 발달한 나라도 별수 없고, 하느님 부처님의 은혜와 자비도 통하지 않았다. 하느님이나 부처님이 스스로 지키지 못하는 오만방자, 우매함까지 구제해주지는 않았다. 몇몇 대규모 전염 사례로 미루어 보면 오히려 신앙을 빙자한 거짓에 징벌을 내리는 것 같기도 하다.

또한 때를 놓친 결단이 얼마나 큰 고통을 국민들에게 안겨주는지, 자유를 잃은 인내와 인내하지 못하는 자유가 똑같이 위험하다는 사실을 코로나가 일깨워주었다. 우리도 처음부터 대만이나 싱가포르처럼 코로나 발원국과의 왕래를 발 빠르게 차단했더라면 하는 아쉬움을 떨칠 수 없다.

크다고 능사가 아니다. 힘만 가지고 통하는 세상도 아니다. 가치는 점점 더 세분화되고 있다. 문명이 닦아 놓은 길이 코로나 병마의 고속도로가 됐듯이 문명의 약점은 바로 문명의 그림자 속에 숨어 있다. "남을 탓하기 전에 너 자신을 알라"라는 웅변이기도 하다. 어차피 인류 문명은 가상현실의 눈부신 발달로 순수의 경계가 모호해지는 가차 문화로 변신해 갈 수밖에 없다. 남 탓 타령만 할 수 없는 거미줄처럼 얽혀 있는 세상이다.

둘째, 진실은 단순 명료하다. 복잡하거나 화려한 진실은 없다. 솔직하게 말하면 거기서 끝낼 수 있는 일을 감추고 거짓말해서 애먼 사람들에게 불똥을 튀겨 아수라장 만든 일을 똑똑히 봤다. 코로나 감염 은폐만 그럴까? 어쩜 코로나보다 훨씬 더 해로운 것이 내로남불 말 바이러스가 아닐까 싶다.

셋째, 코로나 방역은 생물학전이다. 전쟁은 목숨을 바쳐 신봉하는 가치를 지키는 싸움이다. 기선제압이 승패의 관건이며 분초를 다투는 화급한 싸움이다. 침 한 방울에 몇 억 마리 균체가 꿈틀거리고 있고 그것들이 몇 시간 아니 몇 십 분마다 2의 배수로 증식하는 바이러스의 번식력은 상상을 초월한다. 발원지가 명확했던 이상 베타플러스에 람다 변이까지 등장한 지금 뒤돌아보면 머뭇거렸던 K-방역 자랑하다가 지지부진했던 백신 대책이 눈에 밟히는 대목이다.

세상사 잃은 것이 있으면 반드시 얻는 것도 있다고 한다. 『놓치고 싶지 않은 나의 꿈 나의 인생』의 저자 나폴레온 힐은 "실패 속에는 반드시 그보다 더 큰 성공의 씨앗이 숨어 있다."라고 했다. 일평생 실패하지 않은 사람이나 임기 내내 실패하지 않은 정권이 어디 있을까.

올해는 높은 자리 앉은 분들과 내로라하는 선동꾼들 제발 네 탓 타령 그만하고 코로나 발자취를 거울삼아 아시타비 파당질로 얼룩진 우리의 뼈아픈 역사 속에 숨어있는 성공의 씨앗이 무엇인지 찬찬하게 찾아볼 일이다.

코로나

코와 입으로 쉴 새 없이 숨 쉬고 말하고
로맨스도 재앙도 그 길로 드나든다
나간 곳 들어오는 곳 한 구멍 외길이다

코나 입이 저지른 일 눙치고 속이는 짓
로마로 가는 길엔 그런 일이 예사지만
나 자신 결코 속일 수 없는 불가침 영역이다

코로나는 말한다 진실은 말이 없다
로망보다 현실 직시 남의 탓 하지 말고
나부터 스스로 지켜 함께 가야 한다고.

오대환 | 『월간문학』 수필 신인상(2021년). 『순수문학』 시 신인상(2014년). 영랑문학상 시 우수상, 중앙일보시조백일장 차하 수상. 저서 : 수필집 『뒤돌아보면 눈에 밟히는 순간들(2019)』 『아들아 군대를 즐겨라(2006)』, 시집 『추운 날은 햇살이 곱다(2017)』 『번개사냥(2014)』 등. 광화문사랑방시낭송회, 한국문인협회, 대표에세이 회원. E-mail : odh0404@hanmail.net

장인의 집 단장

이대범

예상했던 것보다 고립의 삶이 길어지고 있다. 자유롭게 시공을 넘나들며 삶을 향유하던 어제의 일상이 아득하기만 하다. 곧 나아지리라는 기대마저도 희미해져 답답함을 더한다. 모두가 겪는 고통이라서 누굴 탓할 수도 없는 노릇이지만 억울하기 짝이 없는 형국이다.

코로나19 때문이라고 콕 짚어 말할 수는 없지만 부쩍 옛일을 회상하는 시간이 많아졌다. 낡은 공책이나 빛바랜 사진을 뒤적이며 생각에 잠기는 일이 잦다. 춘천 토박이인 나는 군 복무와 짧았던 직장 생활 기간을 제외하고는 줄곧 고향에 살고 있다. 나이가 들면서 재래시장, 육림 고개, 모교 교정, 주교좌 성당, 명동 거리, 공지 천변, 자주 들렀던 옛날 주점 등지를 찾는 일이 잦아졌다. 늘 고향에 살았으면서도 내 삶의 시간들이 겹겹이 쌓여 있는 이들 장소들을 찾을 때면 비로소 고향을 찾은 듯 안도감을 느낀다. 나이가 들면 추억을 먹고 산다는 말이 허투루 하는 말은 아닌가 보다.

이른 무더위가 극성을 부리던 초여름 처가를 찾았다. 자식들을 모두 성가시킨 뒤로 두 분만 사는 것이 늘 마음에 걸렸다. 자주는 아니더라도 가끔 시간을 내 찾아뵈려고 해도 여의치 않다.

골목 입구에 들어서자 예전에 살던 처가에서 공사가 한창이었다. 의아했다. 정원에 감나무가 있는 새집으로 이사한 후로는 비워둔 집이다. 평소에 장인은 옛집을 드나들며, 청소도 하고 좋아하는 바둑 채널을 청취하거나 낚시로 낚은 붕어를 냉동고에 얼리기도 하며 매일 드나들었지만, 다른 식구들은 어쩌다 한 번씩 들르는 집이다. 옛날 처가가 있던 곳은, 과거 인근 항구에 외항선이 드나들면서 호황을 누릴 때는, 웬만한 도시도 부럽지 않을 만큼 넉넉한 동네로 인근에 초·중·고교 등 학교가 밀집해 있는 곳이다. 반세기가 넘는 세월이 흐르면서 원주민들이 세상을 뜨거나 이사를 가면서 처가 동네는 차츰 한적한 마을로 변했다. 그런 동네 한가운데 자리 잡은 옛집에서 장인이 공사판을 벌인 것이다. 현장을 보니 간단히 보수하는 차원을 넘어 새롭게 단장하는 리모델링 수준이었다. 나를 보자 장인은 지난해 장마에 빗물이 스몄다는 둥, 옥상으로 올라가는 계단에 금이 갔다는 둥, 담장이 낡아 안전에 문제가 있다는 둥 전후 사정을 설명했다. 이미 공사가 한창인데 중단할 수 있는 것도 아니고, 잘하셨다며 대답은 했지만 매사에 신중하고 빈틈이 없는 장인의 이번 결정은 뜻밖이었다. 장인의 의중이 궁금했다.

몇 해 전부터 장인은 가끔 나에게 당신이 살아온 이야기를 자주 하신다. 이미 고인이 된 형제들과 겪었던 일들, 여러 직장을 전전했던 사정, 옹색한 옛집에서 자식들을 키울 수밖에 없었던 사연 등등. 처음에는 장인의 내밀할 수도 있는 이야기를 듣는 것이 당혹스럽고 긴장됐었지만, 이제는 장인의 삶에 내 삶이 오버랩 되면서 친근감을 넘어 동지 의식(?)을 느끼게 됐다. 집 단장을 마치고 난 후 다시 처가를 찾았을 때, 장인은 옛집은 본인이 처음 장만한 집이라며 당신이 세상을 뜬 후에도 처분하지 말라는 은근한 부탁까지 하셨다. 그제야 장인이 집 단장을 고집한 이유를 알 것 같았다. 그 집은 당신에게는 옛집이 아닐 뿐만 아니라, 단순한 집의 개념도 아닌 것이다. 그곳은 비어 있어도 추억으로 충만한 장소이며, 과거로부터 현재까지 이어지는 당신의 삶이 온전히 스며있는 보금자리다. 넓고 살기 편한 집으로도 대체할 수 없는 가치가 담겨있는 장소이며, 어떤 명분으로도 훼손할 수 없는 신성한 성역이다. 그 집은 남편으로서, 아버지로서, 한 가정의 가장으로서 고단한 삶을 살면서 숱한 시련을 견뎌냈던 든든한 보루였다. 장인은 집을 단장한 것이 아니라 옛집에서 당신이 만든 추억을 소중하게 간직하고 지키려고 한 것이다. 장인의 옛집은 당신의 마음의 고향인 셈이다. 그걸 몰랐다니. 나는 무심한 사위였다.

앙리 르페브르는 "'공간space'은 물리적 개념이고 '장소place'는 그곳에 사람들의 관계가 누적적으로 개입하는 곳"이라고 정의했다. 공간이 물리적 속성을 갖고 있다면 장소는 삶·문화·기억·가치·생태계·공동체 등의 속성을 갖고 있다고 할 수 있다. 『공간과 장소』의 저자인 지리학자 이-푸 투안 박사 역시 '가치'를 기준으로 공간과 장소를 구분했다. 투안 박사는 "공간은 장소보다 추상적이다. 처음에는 별 특징이 없던 공간은 우리가 그곳을 더 잘 알게 되고 그곳에 가치를 부여하면서 장소가 된다."라고 주장한다. 맞는 말이다. 장인의 집은 당신의 삶과 기억과 가치가 빚은 장소였다.

산업화 과정을 거쳐 현대에 이르기까지 개인의 삶이 스미어 있는 장소들이 무참하게 훼손되고 자본으로 분칠한 탐욕스러운 공간이 무한하게 확장되는 몰가치적인 상황이 심화되고 있다. 장소를 위협하는 것은 자본뿐만이 아니다. 함께 살면서도 깊어만 가는 서로에 대한 몰이해도 한몫하고 있다. 장소적 실향민뿐만 아니라 정서적 실향민이 양산되는 현실이 안타까울 따름이다.

큰 불편 없는 아파트에서 살고 있으면서도 나는 여전히 고향 집을 그리워한다. 가끔 오가다가 흔적도 없이 사라진 고향 집 자리에 들어선 고층 아파트를 보면, 내가 부유하는 존재처럼 가벼워지는 것을 느낀다. 괴물 같은 고층 아파트에 압도당하고 위축되는 순간 나는 나그네, 고향을 상실한 이방인이 된다. 나는 기억으로만 고향을 그리워하는, 부재를 통해서 고향의 존재를 복원하려고 애쓰는 딱한 실향민이다. 기억 속의 고향을 찾기 위해 영원한 디아스포라의 멍에를 진 순례

자다. 단장할 집이 있는 장인은 행복한 사람이다. 부럽고 부러울 따름이다.

마냥 부러워할 수만은 없는 일. 이쯤에서 잃어버린 고향을 복원하기 위한 거대한 음모를 꿈꾸어 본다. 늦깎이로 등단한 글쟁이 주제지만, 그동안 갈고닦은 글 솜씨를 발휘해서 근사한 고향 집을 지어볼 셈이다. 문학은 언제나 한계를 초월한 자유를 꿈꾼다. 김수영은 문학의 본질은 꿈이라고, 그러기에 문학은 불온 문서와 같은 것이라고 갈파했다. 꿈은 현실에 갇혀 있는 것이 아니라 현실 저 너머를 응시한다. 문학은 현실에서는 가능하지 않는 세상을 꿈꾼다. 글쓰기를 통한 일탈을 즐기겠다. 현실과 금기의 틈새를 비집고 인식의 새로운 지평을 넓혀가는 글쓰기를 통해 고향 집을 짓겠다. 모든 기억들을 호명해 고향 집으로 불러들여, 고향 집이 완성될 때까지 수다를 떨어 보겠다.

다음에 처가에 갈 때는 조그만 화분이라도 하나 준비해야 할 것 같다.

이대범 | 『월간문학』 수필 등단(2021년). 한국문인협회, 대표에세이 회원.

追慕特輯

추모 특집

김학 선생님

한국 문단에 큰 발자취를 남기고 2021년 1월 28일 타계하신 존경하는 故 김학 선생님의 위대한 업적을 기리기 위하여 선생님의 약력과 작품, 추모의 글을 여기 싣는다.

수필가 김학(1943~2021) 약력

1943년 전북 임실 출생으로 전북대 사학과 졸업 후 전주해성고 교사와 서해방송 프로듀서, KBS 전주방송총국 편성부장으로 정년퇴직하셨고 1980년 월간문학에서 등단. 『수필아, 고맙다』 『지구촌 여행기』 등 수필집 17권과 『수필의 길. 수필가의 길』 등 수필 평론집 2권을 출간하며 꾸준한 창작 활동으로 문학계에 기여하였다.

선생님은 수필가로서의 이력도 화려하지만, 수필 창작 지도자로서 전북 문단에 큰 발자취를 남겼다. 지난 2001년부터 15년 동안 전북대 평생교육원에서 수필을 강의했고, 안골 노인복지관과 꽃밭정이 노인복지관에서도 많은 제자를 배출했으며, 타계하시기 직전까지도 신아문예대학 수필 창작 교수로 일하면서 열정을 토해냈다.

오랜 세월 수필과 더불어 살았고, 전국적으로 수많은 수필가들을 배출해 수필계의 산증인으로 평가되고 있다. 선생은 매 순간마다 수필에 대한 무한한 애정을 드러냈다. 수백 명에 이르는 문하생의 수필 한 편 한 편에 대한 첨삭 지도부터 각종 문예지의 수필 평과 머리말, 발문, 해설까지 손이 많이 가는 일들도 허투루 넘기는 법이 없었다. 수필에 조금이라도 관심 있는 사람들을 이끌며, 올바른 수필가의 길을 걷도록 하는 일에 정성을 기울였다.

전북수필문학회를 창립해 전북의 수필 문학 발전에 기여함은 물론, 전북수필문학회장, 전북문인협회장, 국제PEN한국본부 전북지역위원회장, 국제PEN한국본부 부이사장을 역임하며 문단 활동에도 적극적으로 참여하셨으며 영호남수필문학 대상, 원종린 수필문학 대상, 신곡문학상 대상, 펜 문학상, 목정문화상, 전주시예술상, 대한민국 향토문학상, 한국현대문학 100주년 기념 문학상 수필집 부문 금관상, 전북PEN기림상 등을 수상하였다.

추모글

生生通信으로 사셨던 김학 선생님

권남희

김학 선생님!

2021년 그 겨울 잠깐의 통화였지요. 언제나 남편의 소식을 먼저 물어주시던 선생님께 느닷없이 저는 'TV를 켜놓고 식탁에 나란히 앉아 밥을 먹곤 하지만 한쪽이 죽음으로 떠나도 덤덤할 것 같다'라는 철없는 말을 했고 선생님은 '못써, 그래도 짝은 같이 가야 돼' 친정 오빠처럼 꾸짖었습니다. 제가 왜 그랬는지요.

그리고 한 달도 지나지 않은 1월 28일 갑작스러운 타계 소식에 대표에세이 회원은 물론 선생님을 알고 있는 문인들은 충격에 빠졌습니다. 코로나19로 행사들이 취소되고 만나 뵙지 못하는 사이 무슨 일이 벌어진 것인지요. 선생님은, 해 질 무렵 반짝이는 수평선의 까치놀처럼 아예 잡을 수 없는 먼 거리두기를 하셨습니다.

대표에세이의 살아있는 역사로 生生통신처럼 움직였던 선생님. 79세는 한참 일해야 할 나이입니다. 왕성하게 작품활동을 하면서 수필집을 발간하면 반드시 회원들에게 보내주곤 했습니다.

대표에세이 전국 행사는 (심포지엄과 출판기념 및 송년행사) 서울,광주, 부안, 울산, 청주 어디든 달려오셔 집안의 큰 오빠로, 형님으로 격의 없고 따뜻하게 품어 주셨습니다.

개인적으로는, 2018년 원종린 문학상 대상을 수상하실 때 대전으로 달려가 축하드리고 마지막으로 뵈었던 공식 모임이 2019년 청주 수필의 날이었습니다. 한국문인협회 27대 임원선거에 수필분과 회장으로 출마했을 때 선생님은 전화를 주셨습니다. '전주는 우리가 밀어주기로 했어.' 짧지만 감동적인 한마디였습니다.

월간 『한국수필』 편집주간을 맡았을 때 선생님에게 지면을 더 할애한 일 외에는 챙겨드린 게 없다는 생각을 합니다.

1988년 겨울이었던 것 같습니다. 선생님이 근무하는 KBS TV 남원방송국으로 대표에세이 전국 회원을 초청하여 낭독 행사를 하면서 하루를 머물도록 배려하였습니다. 정목일, 지연희, 김홍은, 정주환, 공숙자, 배혜숙, 김소경, 안창일, 임양숙….

월간문학 신인상을 받고 얼마 되지 않았던 그때 제 가슴에 각인된 선배님들은 따뜻하고 영혼이 맑은 딴 세계의 仙人들이었습니다. 모임에 갈 때마다 가슴이 설레었고 기다려졌습니다. 선배님들과 함께 하는 곳은 늘 文德과 향기가 머물고 오래도록 그렇게 함께할 줄 알았습니다.

수필집 17권과 수필 평론집 2권 등 쉬지 않고 활동을 하며 전북에서 수필 숲을 일구었던 김학 선생님.

어느 순간부터 전주는 김학 선생님이 중심이 되어 수필의 르네상스 시대를 연 것처럼 부흥을 했습니다. 수필가로 가꾸어낸 제자만 수백 명이고 20곳이 넘는 수필 문학 동인 단체를 탄생, 발전시켰습니다. 어느 누구도 이제 그렇게 할 수 없음을 깨닫습니다. 수필 문학을 확장하는 일을 실천하며 수필 역사를 짓고 시간의 기둥을 세우며 고향 사랑법을 보여주었습니다.

롯데월드가 있는 잠실 석촌 호숫가 호텔에서 대표에세이 전국 모임 심포지엄을 한 이후로 선생님은 문학 행사로 서울에 오시면 석촌호수가 생각난다며 전화를 주시거나 들르기도 하셨습니다.

오래전 겨울 오누이처럼 헤어지던 하와이 호놀룰루 공항이 생각납니다. 뉴욕, 워싱턴, LA 등 보름 동안의 미국 행사 일정을 마치고 돌아가는 공항에서 일본 천황의 사망 소식이 알려지자 국상을 당한 일본인에게 좌석이 먼저 배정되었습니다. 그러자 공항은 갑자기 전쟁이 난 것처럼 불안감에 휩싸이고 소란스러워졌습니다. 남은 티켓을, 40대였던 김학 선생님과 정목일 선생님 등 직장인과 한국 가서 죽어야 한다고 아우성치는 여성들이 먼저 받았습니다. 뒤로 밀려나 있던 내게 선생님은 다가와 '먼저 가서 미안해. 며칠 안에 뒤따라올 거예요' 손을 잡아 주었습니다. 잠시이겠지만 후배를 두고 떠나는 걸음이 결코 사붓거릴 수 없을 거라는 마음을 알고 저는 웃었습니다. 아무리 한국의 KBS 방송국 부장님이어도 어쩔 수 없는 상황이었습니다. 후배 한 명은 챙겨줘야 하지 않냐고 억지부리며 소처럼 들이받는 뜸베질을 할 수는 없었습니다.

가을장마가 며칠 이어지고 있습니다. 어둑신한 새벽 빗발 사이로 선생님의 소리가 들립니다. '먼저 가서 미안해요.'

– 사단법인 한국문인협회 수필분과 회장 권남희 씀

추모글

수필 사랑의 본보기

香里 윤영남

내 고향 '문경'을 지나거나 다녀온 사람들은 말했다. 여기 첩첩 산골이 고향인 그대가 생각난다고. 그렇다. 내가 보잘것없는 사람이라도 지인들은 나의 고향을 기억해 주니 고맙다. 어느 지역을 가면, 생각나는 사람이 있다는 것은 쌓인 인연의 추억 때문일 것이다. 더구나 그곳(聞慶)에서 나를 생각해 준다는 것은 얼마나 감동인가.

내가 전주에 가면, 언제나 인사를 드리고 싶은 분이 한 분 계셨다. 도저히 바쁜 일정이면, 어느 학교에 특강 때문에 잠시 다녀가는 중이라고. 그러면, 언제라도 선배님은 여전한 말투로 연락이라도 주니 얼마나 고맙냐고, 푸근하게 응답해 주셨다. 때론 새로운 정보나 수필 작품에 대한 이슈가 생기면, 이메일이나 문자로 소식을 자주 전하며 챙겨주셨으니, 이런 선배를 모신 후배들은 든든했다. 큰 산맥을 눈앞에서 가깝게 바라보는 것처럼.

오르지 못할 큰 산보다 오름 직한 작은 언덕을 바라보며, 등단 초기엔 선부른 글쓰기로 선배님들을 우러러 뵈었다. 때론, 수필에서 진솔한 문장과 내용을 읽으면서도 직접 만나 대화와 웃음 띤 모습으로 가깝게 마주하면, 작가에게서 정감이 우러나지 않을 때도 있었다. 역시 작품 따로 작가 따로 미사여구美辭麗句로 덧칠한 화장한 여인 같은 모습들이 보였기 때문이다. 그러나 김학 선배님은 달랐다. 예외였다. 그대로의 모습이 어찌 그렇게 자연스러울 수 있었겠는가.

수필 사랑에 남다른 고백도 그분은 작품을 통해서만 오직 쏟아내셨다. 문단의 감투보다도 "수필아, 고맙다. 수필아 사랑해!" 팔순의 기념 작품집을 낼 때까지도 청춘의 뜨거운 사랑 같은 수필가로서 열정의 고백이었다. 내게 존경의 대상은 깊은 마음에서 우러났다. 그분의 인품에서나 작품으로도 훈훈함으로 다가왔다. 세계문학 기행집에서부터 수많은 수필집, 후학들을 가르치는 교육자의 일상들과 순수문학 수필가의 자세는 덕망을 바탕으로 이루어진 분임을.

지난번 전주에서 제21회 수필가 세미나를 개회할 때였다. 영면하신 지가 얼마 되지 않아서일까. 너무 그립다는 표현이 그때처럼 간절할 수도 없었다. 손 뻗쳐도 닿을 수 없다는 것이다. 부르면 대답할 수 없는 곳에 계심을 어찌하랴. 전주 행사가 다 마칠 때까지 자꾸 여기저기서 선배님의 흔적이 보였다. 『행촌문학』이 그렇게 여러 권 발간되어 번창하는 것을 보며, 그 문하생들의 활동상 앞에서 김학 수필가의 대단한 공로는 얼마든지 기라성綺羅星처럼 돋보였으니까.

처음엔 먼 산처럼 조심스러운 선배였지만, 삼십여 년이 지나 한 솥에서 정들었던 식구처럼 동인으로 차츰 친근감을 느낄 수 있었다. 자녀들의 혼사나 손자들의 자랑이나 박사촌의 유래도 자상하게 들려주셨다. 해서, 필자는 개인적으로 '학이 오라버니' 또는 '학이 오빠'라고 부르며 곧잘 농담도 나눴다. 그러면, 선배님은 "윤 선생의 노래를 한 번 들어야 또 일 년을 웃는데, 웃음 치료처럼 그 노래를 위해 2부 재미나 순서도 만들지?" 왜 않느냐고 하면서 구수한 표정으로 후배들을 보듬어 주셨음이라.

이젠 전주에 가도 부를 수 있는 이름조차 사라졌다. 아쉽다. 선배는 우리와 다른 세상에서도 생生과 사死의 큰 흐름 속에서 우리를 지켜보시리라. 수필 사랑을 삶을 통해서 어떻게 실천하는지. 후배들에게 어떤 선배의 자리를 지키며 본보기가 되는지. 지금부터는 제게 남겨 주신 무언의 과제를 풀어보리라. 그 눈빛의 진솔함과 푸근하고 넉넉한 심성에 덕망을 어떻게 닮아갈지도….

비록 존경하는 선배는 우리 곁을 떠났을지라도, 그의 작품은 우리의 선명한 기억 한 편으로 힘이 되어서 길을 열고 있다. 오직 타 장르를 엿보지 않고 수필 사랑만을 안고서 영생의 세계로 가신 김학 선배님께 확인하고 싶은 한 마디가 있는데, 선배님은 무엇으로 응답해 주실까요?

역시나 "인생은 짧지만 예술을 길다"라고, 작가에겐 작품만이 남는다고, 답장을 메시지로 시공을 초월해 보내주실 것 같다. 덧붙여서 좋은 작품은 좋은 인품에서 싹이 트고 잎이 되니, 결국 인생의 튼실한 열매로 영근다는 것을.

(2021.9.5.)
– 존경하는 김학 선배님을 추모하며

김학 선생님 작품

하루살이의 꿈

故김 학

하루살이Mayfly는 진짜로 하루만 사는 곤충일까? 또 하루살이도 나이를 셀까? 하루살이는 성충成蟲의 경우 2시간 정도의 수명밖에 누리지 못한다는 이야기도 있고, 한두 주일 산다고도 한다. 깨끗한 물속에서 1년 동안 살다가 성충이 된다니 하루살이는 1년가량 산다고 해도 지나친 말은 아닐 것 같다. 그런데 왜 '하루살이'라고 이름을 붙였을까. 그 하루살이도 잠을 자고 꿈을 꿀까? 사람 같으면 잠을 자야 꿈을 꿀 수 있고, 오래 살 수 있어야 크고 작은 꿈(희망)을 지닐 텐데….

나이가 불어나면서 궁금한 일도 참 많다. 하루는 24시간이다. 그런데 하루살이의 수명이 2시간이라면 하루의 1/12밖에 되지 않는다. 그 짧은 수명의 곤충에게 슬기로운 우리 조상님들이 '하루살이'란 과장된(?) 이름을 붙여준 것은 무슨 까닭일까? 제대로 하려면 '시간살이'라 표현하는 게 옳을 텐데….

동물이나 식물의 수명은 천차만별이다. 조물주는 골치 아프게 왜 그렇게 동식물의 수명을 들쭉날쭉 멋대로 정했을까? 일률적으로 정해버렸으면 아주 편했을 텐데. 조물주의 셈법은 알다가도 모르겠다. 하늘나라에는 이 지구에서 사는 동식물들의 수명을 관장하는 벼슬아치가 따로 있지 않을까?

만물의 영장이라는 사람은 100세 시대를 목표로 자꾸 수명이 늘고 있다. 사람들의 노력으로 그리된 것이다. 그래서 9988234란* 말까지 나왔다. 남자의 평균수명의 50세 벽壁이 깨진 게 1947년 이후라고 하니, 그리 오래되지는 않았다. 불과 60여 년 만에 사람의 평균수명은 엄청나게 늘었다. 또 그게 종착역도 아니다. 세월이 갈수록 사람의 수명은 더 늘어날 테니까.

파리의 수명은 8일이고, 송사리는 1~2년, 지렁이는 10년 정도란다. 토끼는 8년이고, 개는 12년, 고양이는 18년, 그리고 곰과 염소, 원숭이는 20년 정도라고 한다. 동물의 왕인 사자는 25년인데 소와 돼지는 30년, 비둘기와 참새, 하마는 40년, 말은 60년이란다. 뱀장어는 90년이며, 악어와 독수리는 100년, 황소거북은 200년이라 한다. 그러고 보면 힘이 세거나 덩치가 크다고 수명이 긴 것도 아니다.

또 삼나무, 은행나무, 느티나무는 수백 년을 살고, 세쿼이아Sequoia라는 나무는 수천 년을 산다니, 동물보다 식물의 수명이 훨씬 더 길다. 움직이는 동물보다 말뚝처럼 한 곳에 서 있는 식물들이 더 오래 산다. 걸어야 건강해진다는 의사들의 처방은 어떻게 해석해야 할까?

* 9988234: 99세까지 팔팔하게 살다 이틀 앓고 3일째 죽는 것이 행복한 인생이라는 뜻.

1년은 365일이다. 사람에게 1년이란 세월은 그리 긴 게 아니다. 그러나 하루살이에게 1년은 헤아릴 수 없을 정도로 긴 시간이다. 하루살이에게도 사람과 같은 희로애락喜怒哀樂의 감정이 있을까. 행여 그런 감정이 있다면 그걸 어떻게 표현할까? 하루살이는 입도 없다. 평생에 짝짓기를 한 번 하여 후손을 남긴다. 암컷은 한 번에 4천여 개의 알을 깐다. 그만큼 번식력이 강한 편이다.

하루살이는 외모가 작아서 잘 눈에 띄지 않는다. 여름밤에 시골길을 운전하고 나면 승용차의 헤드라이트에 헤아릴 수 없이 많은 하루살이의 시체가 들러붙어 있다. 하루살이는 어둠을 밝히는 불빛을 찾아 뛰어들었다가 자신의 천수天壽를 누리지 못한다. 그 짧은 목숨마저 다 채우지 못하고 앞당겨 죽은 것이다. 얼마나 슬픈 일인가? 하루살이는 밤거리의 가로등 틈새로 들어가서 죽기도 한다. 밝은 빛이 그리워선 찾아갔다가 목숨을 잃은 것이다. 하루살이들이 그렇게 죽어가도 눈물을 흘리는 이는 아무도 없다.

지렁이의 죽음도 애잔하기는 마찬가지다. 비가 내린 뒤 흙 속에 살던 지렁이가 길가로 나와서 꿈틀꿈틀 기어가는 모습을 볼 수 있다. 그 지렁이는 날짐승의 먹이가 되거나 개미들에게 포박되어 끌려가기도 한다. 순하고 순한 지렁이 역시 제 수명을 다 누리지 못하고 죽음을 맞는다. 땅을 비옥하게 할 뿐 남을 해칠 줄 모르는 착한 지렁이가 왜 그렇게 일찍 죽어야 한단 말인가? 지렁이의 죽음은 날짐승이나 개미들에게 육보시肉布施를 하는 것일지도 모른다. 하지만 지렁이의 죽음 역시 눈물겹도록 안쓰러운 일이다.

동물이나 식물이나 목숨이 있는 존재는 언젠가는 죽기 마련이다. 그래서 생자필멸生者必滅이라 한 것이다. 수명이 길건 짧건 꼭 한번은 죽어야 한다. 죽는다는 것은 슬픈 일이다. 이 지구상에 존재한 생물들의 죽음은 똑같이 슬프다. 유有가 무無로 돌아간 것이니 말이다. 백년 천년을 살다 죽든 단 하루를 살다 죽든 그 죽음의 의미는 차이가 없다. 사람이 오래 살다 죽으면 호상好喪이라 덕담을 하지만 100년 200년을 살다 죽은 동식물에게는 그런 말을 하지 않는다. 하루살이의 죽음과 200년을 사는 황소거북의 죽음 그리고 수천 년을 살다 죽은 세쿼이아의 죽음이 같은 의미로 평가되어도 좋은 것일까?

(2018. 6. 19.)

대표에세이문학회

모든 이의 아침

정목일 지연희 권남희 최문석 고재동 이은영 안윤자 김사연 정인자
윤영남 박미경 류경희 조현세 김지헌 정태헌 김선화 박경희 김윤희
김현희 옥치부 김상환 김경순 허해순 허문정 김진진 원수연 전영구
김기자 김영곤 김정순 강창욱 신순희 박규리 최 종 김순남 조명숙
신미선 백선욱 이재천 신삼숙 정석대 송지연 박용철 권 은 이광순
김혜리 허복희 오대환 이대범

모든 이의 아침

대표에세이문학회